Die Außerstandsetzung

Für Eduard

Björn Buxbaum-Conradi

Die Außerstandsetzung

Roman

Bibliografische Information der Deutschen Nationalbibliothek:
Die Deutsche Nationalbibliothek verzeichnet diese Publikation in der Deutschen Nationalbibliografie; detaillierte bibliografische Daten sind im Internet über dnb.dnb.de abrufbar.

TWENTYSIX – Der Self-Publishing-Verlag
Eine Kooperation zwischen der Verlagsgruppe Random House und Books on Demand

© 2019 Björn Buxbaum-Conradi

1. Auflage: August 2019

Titelfoto: Stephen McCluskey/Shutterstock

Herstellung und Verlag: BoD – Books on Demand, Norderstedt

ISBN: 978-3-7407-3507-4

Inhalt

1	9
2	21
3	137
4	149
5	157
6	161
Addendum	163

Über den Autor

Björn Buxbaum-Conradi wurde 1981 in Kassel geboren. Nach Abitur und Zivildienst geisteswissenschaftliches Studium in Trier und Frankfurt am Main. 2008 Magisterabschluss mit einer Arbeit über Robert Musil. Seither ist er in der Bildbranche tätig.
„Die Außerstandsetzung" ist sein erster Roman.

But lo! men have become the tools of their tools.
H. D. Thoreau

Das Auge selbst und den inneren Kodierungsvorgang ‚sehe' ich natürlich nicht, wenn ich in den Himmel schaue und meine, dieser sei blau. Ähnlich ist es beim Blick nach innen. Auch dafür, wie Gedanken entstehen, ist man blind. Dies ist die eigentümliche Transparenz mentalen Erlebens. Sie verunmöglicht, dass das Selbst als Repräsentation von bereits Gegebenem erkannt wird. Ich nenne es den naiven Schleier des Ichs.

aus meinen Notizen

1
Ich hatte nicht die Absicht, ihn zu töten. Es war ein Unfall, also so halb. Ich schreibe dies auf in Untersuchungshaft. Dies ist kein Rechtfertigungsversuch, ich will mich bloß erinnern – möglichst genau erinnern – an das, was war und ist.

1.1
Angefangen hat es damit, dass ich die Stelle bei der Senckenbergschen Bibliothek verloren habe. Nicht, dass ich den Job gemocht hätte, er bestand aus Formal- und Sacherschließung und erzeugte vom ersten Tag an müde Monotonie. Wenn ich dem eine Farbe hätte zuordnen müssen, wäre es Lavendel gewesen, weil Grau gefällt mir tatsächlich. Gleichwohl verlieh der Job meiner Existenz eine basale Berechtigung. Ich habe ihn aus Mangel an Alternativen ausgeübt, zumindest redete ich mir das ein, denn so richtig ausgereizt hatte ich die Bewerbungsmaßnahmen nicht, was auch daran lag, dass ich einen Abschluss habe, der mich für nichts qualifiziert, außer vielleicht für eine absurde Mittelbaukarriere.

In dieser Zeit war ich bemüht, den Tag möglichst bequem rumzukriegen. Mangelnde Motivation sollte aber nicht zur Kündigung führen. Nein, zum Verhängnis wurde mir ein Admin-Kennwort, das ein Kollege von der IT so offen eintippte, dass ich nicht wegsehen konnte und wollte. Mir erschien der Input zunächst als sinnfreie Zeichenfolge, die mit einer dreistelligen Zahlenkombination abschloss.

Behäbig zog der Kerl sein Speichermedium ab und schlich zum nächsten Rechner. Hier hätte alles enden können. Stattdessen fiel mein Blick auf sein T-Shirt, das einer tiefen Verbundenheit Ausdruck verlieh. Die memorierten Zeichen formten sich wie von selbst zu einem klaren *Gandalf247*, was natürlich so viel heißt wie: Gandalf der Greis ist hochverfügbar, 24 Stunden, 7 Tage die Woche.

Ich testete das Kennwort erfolgreich und ignorierte den Zugang dann für einige Tage. An einem Freitagnachmittag, an dem sich die Kollegschaft schon ins Wochenende verabschiedet hatte, gab ich dem Reiz nach. Ich stellte fest, dass ich Vollzugriff auf einen Server hatte, auf dem mutmaßlich Digitalisate verschiedener wissenschaftlicher Journale gespeichert waren. In nervöser Entschlossenheit startete ich eine Platzhaltersuche. Der Explorer wurde regelrecht geflutet von PDF-Dateien. Die Sachen waren für externe Nutzer nicht zugänglich oder aber kostenpflichtig, das wusste ich, und wie ich vermutet hatte, waren die Dateien auch nicht lesegeschützt. Ich zog einen Speicherstick aus dem Rucksack, löschte alles, was sich darauf befand, und startete einen Kopiervorgang, der trotz Gigabit-Ethernet knapp eine Stunde dauern sollte. Ich verharrte in dieser Zeit am Platz, zerkaute einen Zahnstocher und huldigte dem Datenfluss. Am frühen Abend verließ ich die Bibliothek. Ich war energetisiert wie lange nicht mehr und konnte mir das Grinsen kaum verkneifen.

Das Wochenende verbrachte ich damit herauszufinden, wem ich die Dateien anbieten könnte. Schließlich stieß ich auf Sci-Hub, eine Organisation, die die „Zerstörung aller Wissensbarrieren" propagiert. Das klang martialisch und gefiel mir. Über ein Forum fand ich einen Kontakt, der mir eine FTP-Adresse für den Upload zukommen ließ. Es dauerte den ganzen Sonntag bis alle Artikel hochgeladen waren.

Es ist bloß eine Redewendung, aber was zwei Monate später folgen sollte, war genau das: ein böses Erwachen. Ich war in einen Honeypot gelockt worden. Der Kontakt, ein Scherge des Elsevier-Verlages, hatte meine IP-Adresse einer Behörde gemeldet, und ich war so leichtsinnig gewesen, das Ganze ohne Verschleierung durchzuführen. Mein Computer samt vorgefundenen Datenträgern wurde beschlagnahmt, darunter auch das Corpus Delicti.

Die Beweislast war erdrückend, einerseits weil ich alleine lebte und mir den Internetzugang mit niemandem teilte, andererseits weil ich die Dateien bloß gelöscht und nur teilweise überschrieben hatte. Es war den Ermittlern ein Leichtes, belastende Fragmente sichtbar zu machen. Und nicht nur das: Der Gedanke, dass sich meine privaten Dokumente in fremden Händen befanden, war schier unerträglich. Ich hatte nichts verschlüsselt. Sorge bereitete mir zudem die lokal gespeicherte Softwaresammlung, die größtenteils aus gecrackten Kopien bestand. Aber das wurde zum Glück nicht Teil des Verfahrens.

Da ich nicht vorbestraft war und ein vollumfängliches Geständnis ablegte, blieb es bei einer Bewährung – mit der Auflage allerdings, Sozialstunden zu leisten, jede Menge Sozialstunden. Zeit dafür hatte ich nun. Mein Arbeitgeber hatte schon im Zuge der Beweisaufnahme Kenntnis von der Sache genommen. Die fristlose Kündigung war im Grunde die einzig mögliche Konsequenz. Da kann ich niemandem einen Vorwurf machen, nicht einmal dem IT-Gandalf, der sich natürlich einiges anhören musste ob seiner kümmerlichen Passwortstärke.

Mir wurde freigestellt, den Ort der Wiedergutmachungsmaßnahme selbst zu wählen. In Absprache mit meinem Bewährungshelfer, entschied ich mich für ein Seniorenwohnheim der Diakonie. Der Leitsatz „Zuhause in christlicher Geborgenheit" sprach mich irgendwie an. Außerdem hatte man mir in Aussicht gestellt, in der Kantine aushelfen zu können. Tatsächlich musste ich dann doch Ärsche wischen und Bettpfannen leeren, nicht jeden Tag, aber oft genug.

In den ersten Wochen war ich noch bemüht, ein gutes Bild abzugeben. Gleichwohl ahnte ich schon, dass die Sache, also die ganze Sache, nicht spurlos an mir vorübergehen würde. Ich fühlte mich im Stich gelassen. Diejenigen, die von meiner Aktion wussten, konnten mein Handeln nicht nachvollziehen, und mir selbst log ich vor, ich hätte es aus Idealismus getan: freies Wissen und so. Doch insgeheim wusste ich, dass ich einer Kombination aus Langeweile und Geltungsdrang erlegen war. Immer häufiger blieb ich morgens einfach liegen und fehlte ohne Attest. Die Vorgesetzten im Wohnheim waren zum Glück überaus nachgiebig. Von Sozialstundlern erwartete man offenbar wenig bis gar nichts. Irgendwie brachte ich die Zeit tatsächlich rum. Kurz darauf fiel ich in ein tiefes Loch. Das sagt man ja so, wenn wirklich gar nichts mehr geht. Ich rief Hanne an und beichtete alles. Ich sollte dazu sagen, dass Hanne meine Mutter ist. Verständnis zeigte sie nicht, stattdessen forderte sie mich dazu auf, für ein paar Tage nach Kassel zu kommen, da sie mir übers Telefon ja doch nicht helfen könne. Doch auf eine Fahrt in die mir fremd gewordene Heimat hatte ich keine Lust. Seit meine Eltern sich getrennt haben, beschränke ich die Besuche auf die Feiertage: also Weihnachten, Ostern und so, manchmal auch ein runder Geburtstag oder wenn jemand gestorben ist. Je älter man wird, desto häufiger muss man ja auf Beerdigungen. Ich mag das natürlich nicht, wenn jemand stirbt, den ich gut kenne, aber die schwermütige und gleichzeitig feierliche Stimmung gefällt mir schon. Es ist ja im Grunde das einzige Event, an dem es gut ankommt, schlecht drauf zu sein. Dummerweise bin ich ausgerechnet dann meist gar nicht schlecht drauf.

Es muss Anfang Juni gewesen sein, als ich schließlich zum Arzt ging und mir ein Antidepressivum verschreiben ließ. Paroxitam. Das ist so ein typisches Medikament, das die Verfügbarkeit von Serotonin im synaptischen Spalt erhöht. Das weiß ich aus der Wikipedia. Ich hatte vor ein paar Jahren schon mal was Ähnliches ausprobiert. Seroxat. Das half ganz gut, auch gegen Zwänge und so. Mir wurde damals ja eingeredet, die Finger davon zu lassen, obwohl die meisten natürlich überhaupt keine Ahnung davon haben, was man in einer Depression so durchmacht. Ja, Medikamente haben Nebenwirkungen, aber die Annahme, dass ein seelisches Problem dieser Schwere allein durch therapeutisches Besprechen gelöst werden könne, ist lächerlich. Ich gebe zu, dass ein Plus an Botenstoffen nicht ausreicht, wenn man so gar keine Alltagsstruktur hat, aber in Kombination mit einer sinnvollen Aufgabe können Antidepressiva wirklich nachhaltig helfen.

Nun hatte ich zu besagtem Zeitpunkt keine Struktur, die mich hätte auffangen können, und so blieben schnelle Fortschritte aus. Ich lag am helllichten Tag im Bett, ernährte mich von Tiefkühlkost, ließ mir einen Bart wachsen, wusch mich vielleicht alle drei Tage, trug meine Unterwäsche, bis sie talgig war und säuerlich roch, und las in einem Buch, das einem ein neues Leben versprach, wenn man nur achtsam genug sei.

Ich war froh, als ich endlich meinen Rechner zurückerhielt. Die Wochen zuvor hatte ich in ein Internet-Cafe ausweichen müssen, wobei das natürlich gar kein Cafe war, sondern so ein heruntergekommener Laden, wo man Anrufe in die Türkei tätigen kann und Smartphones der vorletzten Generation bekommt, aber Kaffee eben nicht. Das war nun vorbei. Mein Bildschirm mit Full-HD-Auflösung wurde wieder zum Fenster zur Welt. Ich klickte mich ziellos durch Nachrichtenportale und verfolgte die täglichen Terror-Meldungen, ohne dabei irgendetwas zu empfinden. Abends schaute ich mindestens einen Film, bevorzugt die Genres Neo-Noir oder Postapokalypse. Nebenher trank ich Rotwein oder Dosenbier, manchmal auch beides. Insgeheim hoffte ich auf den Kollaps der modernen Gesellschaft. Die Verantwortung fürs eigene Dasein wäre auf einen Schlag auf ein Minimum reduziert. Es wäre einfacher, es ginge ums bloße Überleben. Vermutlich täte mir eine Frau gut. Doch nachdem ich in den letzten Jahren zweimal verlassen worden war, hatte ich das Gefühl, an der Endzeit näher dran zu sein.

Nach ungefähr vier Wochen begann ich zu spüren, wie das Medikament meinen Antrieb langsam steigerte. Mit einem Bartschneider rasierte ich mir den Schädel, und zwar so kurz, wie es nur ging. Es war umständlich und das Ergebnis mies, aber das störte mich kaum. Den Bart ließ ich dran, ich stutze ihn nur etwas zurück, denn eigentlich gefalle ich mir mit Bart. Ich sah ein wenig aus wie Vincent auf diesem Selbstbildnis von 1888, nur etwas pausbäckiger.

Ich begann mich wieder mit Michael zu treffen. Der wusste auch nicht so genau, was er vom Leben will, hatte aber immerhin einen Job. Wir spielten Schach, gingen was Essen beim Asia-Imbiss nebenan und schauten Filme von Seth Rogen. Er gab mir auch Tipps in puncto Anonymität im Netz, denn nach dem missglückten Upload entwickelte ich ein intensives Verlangen nach Sicherheit, was Computerkram angeht. Also verschlüsselte ich meine Festplatten, machte Thunderbird PGP-fähig und kaufte mir eine Prepaid-SIM-Karte, die ich in ein altes Nokia-Gerät einsetzte. Zur Freischaltung war zwar eine Ausweisnummer erforderlich, aber eine mit einem Generator erstellte ID schluckte die Seite problemlos. Mit der neuen Handynummer schaltete ich eine Prepaid-Kreditkarte von der Tankstelle zur Wiederaufladung frei. Bargeld konnte ich nun in anonymes Buchgeld verwandeln. Ich bezahlte als erstes einen VPN-Service. Dafür ging ich in dieses Internet-Cafe. Natürlich verwendete ich bei all dem einen Standardnamen, der tausendfach vorhanden und perfekt für solche Zwecke ist.

Nachdem ich das abgeschlossen hatte, stellte sich kurzweilig Genugtuung ein. Mir war zwar nicht klar, wofür mir die Anonymität über Pirate Bay hinaus konkret nützen würde, aber allein der Selbstzweck schien mir die Sache zu legitimieren. Ich dachte, es sei eine angemessene Reaktion auf PRISM oder Tempora, obwohl die Risiken, die von diesen Programmen ausgehen, ja im Grunde sehr abstrakt sind. Genau das aber führt dazu, dass die meisten selbst im Wissen über die Sammelwut denken, dass die eigenen Daten nicht so interessant seien. Fortan sah ich mich als jemanden, der sich nicht blind ergibt. Das fühlte sich gut an. Erst Tage später nistete sich der Gedanke ein, dass mich die Maßnahmen verdächtig machen könnten. Ich versuchte den Gedanken wegzudrücken. Das gelang mir sogar halbwegs, was vermutlich auch an dem Medikament lag, das nicht nur die Stimmung hob, sondern zugleich meine Zwanghaftigkeit etwas dämpfte und mich gelassener werden ließ.

Ich habe früh bemerkt, dass ich in ganz unterschiedlichen Dingen gut bin. Das hat mich mühelos durch die Schule gebracht. Allerdings war kein Talent so ausgeprägt, dass es für Größeres gereicht hätte. Nach dem Zivildienst folgte eine Phase voller Zweifel und innerer Kämpfe. Es fiel mir unfassbar schwer, eine Entscheidung zu treffen. Ich versuchte es zunächst mit Physik, aber nach zwei Semestern schmiss ich frustriert hin. Vorübergehend dachte ich, Kommunikationsdesign könnte interessant sein. Ich scheiterte aber schon an der

Aufnahmeprüfung – zum Glück, sage ich rückblickend. Am Ende blieb ich bei Philosophie und Geschichte hängen, wobei man eigentlich Wissenschaftsgeschichte sagen muss, denn für Karl den Großen habe ich mich nie interessiert. Hitler schon. Das Böse beeindruckt ja alle irgendwie, erst recht, wenn es sich in einer singulären Gestalt manifestiert.

Meine Mutter hat mich christlich erzogen. Dagegen habe ich früh rebelliert. Ich wollte für alles eine Erklärung. Das festigte sich spätestens mit der Besichtigung des Foucaultschen Pendels in der Kasseler Orangerie. Dass die Erdrotation so einfach und schön nachgewiesen werden kann, faszinierte mich. Da war ich elf, glaube ich. Später gehörte ich dem Physik-Leistungskurs an. Dort wurde oft über Dinge gesprochen, die keiner fassen konnte, und wenn man den Lehrer befragte, kam auch der regelmäßig an seine Grenzen. Damals dachte ich, dass technologischer Fortschritt grundsätzlich gut sei. Selbst im Wissen, dass ausgerechnet Kriege Innovation katalysieren können, zweifelte ich nicht daran.

Heute bin ich anderer Meinung. Es ist ja so: jede Technologie schafft mindestens so viele Probleme, wie sie löst. Technisches Wissen wird immer noch einseitig kontrolliert. Es dient der Machtausübung genauso wie dem Profit. Und Zweckentfremdung ist selten bloß die Ausnahme. Das, was machbar ist, wird gemacht. Vielleicht nicht hier, aber irgendwo dann doch, Ethikrat hin oder her.

In jenen Tagen fing ich an, mich wieder für ebensolche Themen zu interessieren. Ich hatte Zeit und klickte mich bis in die Nacht hinein durch Wikipedia-Artikel und kritische Blogs. Irgendwann stieß ich auf eine Doku über den Mathematiker Ted Kaczynski, der vom Hochschuldozenten zum Einsiedler und Attentäter wurde. Fast zwei Jahrzehnte lang hatte er in unregelmäßigen Abständen Briefbomben verschickt, hauptsächlich an Personen, die sich professionell mit Computern beschäftigten, aber auch an einen Genforscher oder an einen Lobbyisten der Holzindustrie. Außerdem deponierte er eine Bombe im Frachtraum einer Verkehrsmaschine. Nur durch Glück führte die Detonation nicht zum Absturz. Seine Allzeitbilanz: Drei Tote und dutzende, teils schwer Verletzte.

Ich fragte mich, wie ein Mensch so fanatisch sein konnte, dass er bereit war, für seine Ideale zu töten. Und natürlich wollte ich herausfinden, was das für Ideen waren. Also verschaffte ich mir seine Schrift *Industrial Society and Its Future*. Diese wurde 1995 von zwei US-Zeitungen veröffentlicht. Kaczyncki hatte bei Abdruck ein Ende der Gewalt in Aussicht gestellt. Sechs Monate später wurde er festgenommen. Sein jüngerer Bruder David hatte den Text gelesen, darin den Schreibstil von Ted erkannt und die Behörden alarmiert.

Als ich den Text in den Händen hielt, spürte ich ihn wieder: den ambivalenten Reiz, der Eva getrieben hatte, als sie ihre Hand nach der verbotenen Frucht ausstreckte. Leider waren eigentlich alle Bücher fragwürdiger Autoren, die ich bisher gekostet hatte, entweder langweilig oder krank bis ekelerregend gewesen. Es stellte sich jedenfalls keine Erkenntnis ein, die mich nachhaltig beeindruckt hätte.

Mit dem Kaczynski-Manifest verhielt sich das anders. Der Autor war schließlich ein Wunderkind: übermenschlicher IQ, zwei Klassen übersprungen, mit 16 nach Harvard, Promotion mit Auszeichnung und jüngster Matheprofessor Berkeleys. Ich war also nicht überrascht ob der guten Strukturierung des Textes. Erstaunlich war indes die Aktualität der Thematik: Er antizipierte die Überwachung durch Digitaltechnologien, die Langzeitfolgen gentechnischer Maßnahmen und die Zunahme psychischer Erkrankungen. Seine Kernthese kann man ungefähr so zusammenfassen: Der Mensch der Gegenwart passt sich der Technologie an, nicht umgekehrt. Er wird durch sie gefügig gemacht, Abhängigkeiten nimmt er billigend in Kauf. Das führt zur Entfremdung vom natürlichen Leben, das durch einen hohen Grad von Autarkie geprägt ist. Oder anders gesagt: Das Geflecht hochtechnologisierter Gesellschaften verunmöglicht existentielle Freiheitsgrade und lässt den Menschen zu einem ohnmächtigen Wesen werden. Man bedenke: Als er den Text verfasste, war das World Wide Web gerade ein paar Jahre alt, ein Nischenprodukt, das vom Gros der Menschheit noch gar nicht genutzt wurde. Dass es einmal alle Lebensbereiche durchdringen würde, ahnte er in seiner Hütte im Wald voraus. Sein Bild einer „technologischen Versklavung" war zu diesem Zeitpunkt natürlich schon länger zur Besessenheit geworden.

Er begann sein perfides Geschäft acht Jahre nach dem Rückzug in die Wildnis von Montana. „Erst die Taten" war seine Maxime. Das ging auf. Nur so konnte er massenhaft Aufmerksamkeit für seine Schrift und den aus seiner Sicht notwendigen Widerstand bekommen. Ich war von dieser Konsequenz beeindruckt, wenngleich mir natürlich bewusst war, dass bedingungslose Konsequenz sehr gefährlich sein kann.

Die letzten zwei Monate hatte ich von Reserven und einem Zuschuss meiner Mutter gelebt. Das Arbeitsamt hatte mir zunächst eine Sperrzeit auferlegt, weil ich ja wegen Fehlverhaltens gekündigt worden war. Nun stand ich vor der Entscheidung, entweder von Arbeitslosengeld zu leben oder mir einen neuen Job zu suchen. Ich entschied mich für Letzteres, allerdings nicht ohne vorher zu erwägen „auszusteigen", denn so richtig Lust hatte ich nicht, also auf Sozialversicherung, Steuererklärung und so weiter. Ich dachte an La Gomera. Ja, Meer und arides Klima, das wäre perfekt! Das war natürlich ein völlig substanzloser Gedanke, ich war ja quasi mittellos, und ich musste an dieses dumme Wortspiel denken, obwohl die Kanaren natürlich gar nichts mit dem Mittelmeer zu tun haben.

Zuerst dachte ich ans Taxigewerbe – als Zivi hatte ich Behinderte gefahren und dafür den Personenbeförderungsschein erworben. Aber der Gedanke, Betrunkene in Alt-Sachs aufzulesen, missfiel mir eigentlich. Außerdem las ich, dass Uber einen Wiedereinstieg in Frankfurt plane. Das würde die Verdienstaussichten noch schlechter machen. Mir fiel dann was Besseres ein. Während meines viel zu langen Studiums hatte ich auch ein halbes Jahr in der Gepäckabfertigung am Flughafen gearbeitet. Ich ahnte schon, dass in der anstehenden Feriensaison Bedarf für Aushilfskräfte sein würde, und rief bei Fraport an, also bei der Personalstelle. Erst während des Gesprächs kam mir der Gedanke, dass mein Führungszeugnis ein Problem darstellen könnte. Aber ich hatte Glück: Ohne dass ich gefragt hätte, wurde mir gesagt, dass die Zuverlässigkeitsüberprüfung noch gültig sei und ich quasi sofort anfangen könne. Zur arbeitsmedizini-

schen Untersuchung wurde ich trotzdem verpflichtet. Da ich schon damit rechnete, eine Urinprobe abgeben zu müssen, fragte ich Michael, ob er mir aushelfen könne, also wegen des Medikaments, davon sollten die ja nichts wissen. Wenn es soweit sei, bereite er alles vor, versprach er mir am Telefon, nur abholen müsse ich das Zeug schon selbst.
Am Vorabend fuhr ich also rüber zu ihm. Die Punica-Flasche stand schon fertig befüllt auf der Fensterbank. Ich war gerührt. Auf Michael konnte ich mich verlassen.
Der Check fand in der Flughafenklinik außerhalb des Sicherheitsbereichs statt. Ich hatte den Urin mit einem Trichter in einen Flachmann gefüllt. Den trug ich dann nah am Körper, damit die Pisse bei der Übergabe nicht eiskalt ist. Auf der Toilette blieb ich unbeobachtet. Es war ein leichtes Spiel.

2

Mein Name ist Andreas. Ich bin dreiunddreißig, habe einen Masterabschluss und verlade Gepäck am Frankfurter Flughafen, drei Tage die Woche in Teilzeit. An den freien Tagen schreibe ich neuerdings, versuche es zumindest … und ja, ich verleugne es nicht: das Quantum an krimineller Energie, das mich hin und wieder auf Abwege führt.

2.1

Um zwanzig nach vier reißt mich der Wecker aus dem Schlaf. Frühschicht. Ich greife nach Brille und E-Zigarette. Erst mal raus auf den Balkon. Die Luft ist trocken und angenehm kühl. Ich leere einen Energydrink und überwinde den Gedanken, mich einfach wieder ins Bett zu legen. Gleichzeitig male ich mir den süßen Genuss aus, nach der Schicht ausgiebig zu schlafen. Das geht ständig so. Ich sehne mich nach Kontemplation, womit ich meistens Schlaf meine, während mich das tätige Leben anwidert.

Ich verlasse das Haus. Draußen ist es dunkel und still, die Straßen sind leer. Der Sommer ist auch endlich vorbei. Ich mag den Herbst, weil die Insekten dann sterben, insbesondere die Zecken, die ja gar keine Insekten sind. Aber wer weiß das schon? Zur S-Bahn sind es nur ein paar Minuten. Ich ziehe mir ein Bounty aus dem Automaten. Dann fährt der Zug ein. Ein Spiegelbild in der Tür. Das bin wohl ich. Ich lasse mich auf einen Sitz fallen und koste eine halbe Stunde des Ruhens.

Gemeinsam mit einer Schar anderer Frühschichtler steige ich aus. Der Flughafen ist eine labyrinthische Stadt mit vielen unterirdischen Ebenen. Die Hallen und Verbindungsgänge gleichen sich so sehr, dass ein Neuling sie nur anhand der Beschilderung unterscheiden kann. Ich navigiere mittlerweile blind von Halle zu Halle. Die tägliche Kontrolle mitgeführter Gegenstände lasse ich gedankenlos über mich ergehen. Mein Spind hat die Nummer 476. Irgendjemand hat so einen dämlichen Aufkleber dran geklebt. FCK CPS. Als ob das intelligenter wäre, nur weil man zwei Vokale weglässt.

Ich tausche Hose und Hemd gegen die blaue Einheitskluft und schnüre die Sicherheitsschuhe. Zwei Araber, vielleicht auch Türken – so genau weiß ich das nicht, da sie Deutsch sprechen, also dieses Assideutsch ohne Präpositionen – na, die lachen sich jedenfalls über ein Pornovideo kaputt, also so ein Ekelvideo, glaube ich. Dann wird das Smartphone in den Spind gepackt. In den Katakomben und auf dem Vorfeld ist nur das Dienstgerät von Catterpillar zugelassen. Da ich in der Hierarchie ganz unten stehe, muss ich ohne das Gerät auskommen. Ich verzichte gerne. Privat besitze ich neben dem Nokia nur so ein Pseudo-Smartphone ohne 3G-Fähigkeit. Mehr als Kamera und MP3-Player brauche ich aber auch nicht. Das Modell wird natürlich nicht mehr hergestellt, deswegen habe ich mir bei eBay noch eins als Ersatz gekauft.

Ich mache Meldung und erfahre, wo ich eingeteilt bin. Das ist hier wie beim Bund, zumindest stelle ich mir das da so vor. Ich muss heute ins Sammellager für Fundsachen und nehme dies mit Erleichterung zur Kenntnis. Es bedeutet, dass kein Zeitdruck herrscht. Außerdem arbeiten dort auch Frauen, das heißt, es geht einigermaßen gesittet zu.

Die Gepäckabfertigung wird dagegen nur von Männern bewerkstelligt. Je nach Dienstgrad ist man dort entweder jemand, der delegieren oder anpacken muss. Wenn ich da erst mal im Schweiß stehe, fühlt sich das gut an. Aus den Gesprächen über die Eintracht oder „Lufthansa-Bitches" halte ich mich gewöhnlich raus. Ich interessiere mich nicht für Fußball, für Frauen natürlich schon, aber die dummen Sprüche langweilen mich. Studenten, die sich mit dieser Maloche das Studium finanzieren, gibt es immer noch. Die haben natürlich nichts zu sagen und werden skeptisch beäugt. Von mir weiß niemand, dass ich einen Uniabschluss habe. Trotzdem spüren einige, dass ich mich geistig überlegen fühle. Ich habe vergeblich versucht, dagegen anzukämpfen. Der Gedanke, etwas Besseres zu sein, sorgt dafür, dass der Job erträglich bleibt.

Am Check-in wird das Gepäck bekanntlich mit einer barcodierten Schlaufe versehen. Auf den Transportbändern wird die manchmal abgerissen. Die Gepäckstücke landen dann bei der Fundstelle und werden nach vierzehn Tagen geöffnet, also wenn keine Adresse angebracht ist. Die enthaltenen Gegenstände werden in eine Datenbank übertragen. Wenn der Besitzer ebenfalls angibt, was er mitgeführt hat, kommt es bestenfalls zu einem Match. Alles, was trotzdem liegen bleibt, wird ohne Angabe über den Inhalt versteigert. Das ist quasi eine Form des Glücksspiels. Bargeld kann man dabei leider nicht gewinnen. Geld oder Drogen werden konfisziert. Da sitzt tatsächlich den ganzen Tag ein Zollbeamter, der nichts anderes macht, als Bild-Zeitung zu lesen und Kaugummi zu kauen. Und wenn der Mittagspause macht, müssen wir auch Mittagspause machen, weil der immer dabeisitzen muss.

Am Gepäckstück erkennt man natürlich schon, wie der Reisende situiert ist: Rimowa bildet die Spitze, der Standard kommt von Samsonite und One-Way-Reisende aus Drittweltländern verwenden gerne Plastikgewebetaschen. Meistens ist der Inhalt unspektakulär, manchmal unappetitlich. Ich spreche von getragener Unterwäsche. Verdorbene Lebensmittel findet man eher selten. Es wird natürlich mit Schutzhandschuhen und Lüftung gearbeitet. Eine Sorge, die ich habe, beruht auf dem Gedanken, dass ich Erreger einatmen könnte. Gepäck, das nach Afrika oder so aussieht, öffne ich daher nur ungern. Da muss ich mich dann echt überwinden. Unlängst habe ich ein verschraubtes Plastikbehältnis entdeckt, das mit einer zähen Masse gefüllt war. Ein männlicher Kollege steckte seinen Finger rein und kostete davon, wohl ahnend, dass es nur Honig sein konnte. Manche machen den Job eben schon seit zwanzig Jahren, und die wollen auch gar nichts anderes machen.

Mittlerweile ist es kurz nach elf. Der Zollbeamte faltet die Zeitung zusammen und erhebt sich. An freien Tagen wäre ich gerade erst aufgestanden. Nun ist es schon Zeit für das Mittagessen. In den Kantinen kehren alle Berufsgruppen am Flughafen ein. Durch die jeweilige Uniform lässt sich jeder sofort einordnen. Entsprechend gesellt man sich. Die blaue Kaste wird als unterste angesehen. Sie besteht aus Gepäckleuten, Vorfeldpersonal und einfachen Technikern. Darüber kommt der Sicherheitsdienst, angeführt von Zoll und Bundespolizei. An der Spitze stehen ray-ban-taugliche Flugkapitäne, die tadellos kostümierte Stewardessen um sich scharen. Das Kantinenessen ist gut, die Auswahl groß. Es gibt ein Salatbuffet und die Preise sind hinnehmbar. Ich esse ein Omelett mit Käse und Schinken und trinke Fanta Grapefruit. Das ist der Höhepunkt des Tages. Warum nicht? Es könnte schlimmer sein.

Nach dem Essen inhaliere ich eine Portion Nikotin, dann geht es im gewohnten Takt weiter, Koffer für Koffer, Schicksal für Schicksal. Doch spektakuläre Fälle wie Gepäck von vermeintlich desertierten US-Soldaten oder Zeugnisse missglückten Rauschgiftschmuggels bleiben heute aus. In einem gewöhnlichen schwarzen Samsonite befindet sich ein Laptop der Marke Lenovo. Während ich den Koffer durchsuche, ertaste ich eine Speicherkarte. Mittlerweile habe ich schon eine kleine Sammlung zu Hause. Ich lasse den Datenträger in meine Hosentasche gleiten und hole gleichzeitig ein Taschentuch heraus.

Als die Schicht rum ist, schleppe ich mich erschöpft zu den Spinden. In der S-Bahn muss ich gegen den Schlaf ankämpfen, obwohl ich in voller Laustärke das neue Megadeth-Album höre. An der Zielstation steige ich leblos aus. Noch fünf Minuten und ich hab's geschafft. Die letzten Schritte hoch in den vierten Stock, Tür auf und Rucksack in die Ecke. Ich lasse mich aufs Bett fallen. Eine angenehme Ohnmacht breitet sich aus.

2.2

Das Aufstehen fällt mir zunehmend leichter. Die körperliche Arbeit in Verbindung mit dem Medikament sorgt dafür, dass die Depression abklingt. Ich werde nicht den Fehler begehen und das absetzen. Never change a running system. Die Nebenwirkungen sind überschaubar: Ich habe etwas zugenommen und meine sexuelle Performanz hat sich verändert. Also, es fällt mir schwer zu ejakulieren. Aber ich habe ja keine Freundin und auf Bordellbesuche habe ich gerade auch keine Lust, insofern ist das egal. Das war mal anders, also das mit den Bordellen. Als ich nämlich feststellte, dass das gar nicht so teuer ist, wenn man in ein Laufhaus geht. Der Reiz verfliegt natürlich irgendwann, selbst wenn man immer eine andere fickt. Überhaupt ist Sex überbewertet, das sagen ja alle, die sexuell frustriert sind. Wie auch immer. Ich befinde mich in einem handlungsfähigen Zustand. Unlängst war ich noch suizidal, wie es so schön heißt. Nicht, dass ich das ernsthaft in Betracht gezogen hätte, aber dran gedacht habe ich oft. An besseren Tagen war ich einfach nur antriebslos. Das geht jetzt alles wieder. Ich habe sogar Ziele. Darüber bin ich tatsächlich am meisten überrascht.

Ich lese gerade *Walden*. Das ist so ein Kultbuch für jeden, der davon träumt, radikal auszusteigen. Ich dachte ja erst, der Autor hätte ein neues Verb geschaffen. Also, wenn man radikal im Wald lebt, dann ist das walden: Ich walde, du waldest, er/sie/es waldet. Aber der alte Thoreau wusste vom deutschen Wald ja gar nichts. Der See hieß bloß so. Walden Pond. An dessen Ufer hat er über zwei Jahre in einer selbstgebauten Hütte gelebt und sich hauptsächlich selbst versorgt.

Mir ist nun klar, dass Ted Kaczynski dem Walden-Projekt nacheiferte: die selbstgebaute Hütte, der Nonkonformismus, das Lesen philosophischer Klassiker und nicht zuletzt die täglichen Mühen, um in einer urförmigen Umgebung zu überleben. Mir wäre ein Dasein als Einsiedler zuwider, gleichwohl habe ich Respekt, vor dieser Art zu leben.

Die freien Vormittage verbringe ich am Schreibtisch. Ich lese und fertige Notizen an. Mit der Aussicht auf einen Mittagsschlaf zwinge ich mich, ein paar Stunden durchzuhalten. Erst am Nachmittag öffne ich die Datei *manifesto.odt*.

In der Vergangenheit war ich dichterisch unterwegs. Nicht ganz erfolglos, aber geringer Erfolg ist bisweilen unbefriedigender als gar keiner. Bei völliger Erfolglosigkeit kann man sich schließlich noch einbilden, ein verkanntes Genie zu sein. Auch ich wollte Anerkennung, das wollen ja die allermeisten. Doch da kommt dann auch nichts Gescheites bei raus. Meine Texte waren zu sehr Mittel zum Zweck, geschrieben für ein nach Pointen lechzendes Publikum, dem Geiste dieser Poetry-Slam-Scheiße geschuldet. Während der Bewährung habe ich mich bei Facebook abgemeldet. Ich hatte da eine Seite, auf der ich prosaische Miniaturen gepostet habe. Bei jedem Like klickte es auch im Nucleus accumbens. Ich war süchtig. Da Texte mit Witz am besten ankamen, produzierte ich eben genau diese. Dabei hatte ich nie vor, komisch zu sein.

Nun ist mein Schreiben immerhin so weit vom Belohnungssystem entkoppelt, dass ich mir einreden kann, nicht völlig ich-süchtig zu sein. Aber eines sei gesagt: Glücklicher macht mich die Abstinenz nicht. Das Arbeiten ohne absehbares Ende ist anstrengend, und der Anspruch an eine kritische Schrift fast unerträglich. Aber meine innere Stimme sagt mir, dass ich hier hartnäckig sein muss. Ich glaube, dass ich etwas zu sagen habe, etwas, das nicht in purem Zynismus endet. Ob ich mich umsonst quälen werde? Vielleicht. Der Weg durchs Raue muss nicht bei den Sternen enden, so viel weiß ich. Noch befindet sich das Projekt in einem frühen Stadium. Ich habe vor, die Schrift in drei Teile zu gliedern.

Das panoptische Prinzip / Die digitale Gesellschaft und ihre Zukunft / Aufbruch aus dem Panopticon

Da die Textgattung neu für mich ist, suche ich nach einer geeigneten sprachlichen Form. Dazu schreibe ich auf, was mich an dieser Gesellschaft besonders stört, und verwende dies als Testmaterial. Eine Variante, die mir zusagt, ist diese. Zuspitzungen gehören hier genauso zum Handwerk wie die Vereinnahmung der Perspektive.

Wir leben in einer Gesellschaft normativer Artikulationszwänge. Öffentlich äußern die meisten nur das, was ihnen beigebracht wurde, nicht das, was sie tatsächlich denken.

Wir leben in einer Konsumgesellschaft, in der Dinge gekauft werden, die niemand benötigt. Wahnwitziges Besitzstreben und der Ruf nach immerwährendem Wachstum bringen die Ökosysteme zum Kollabieren.

Wir leben in einem Staatsgebilde, in dem es immer schwerer wird, innergesellschaftlichen Zusammenhalt herzustellen. Wenn herkömmliche Identifikationsmerkmale wegfallen, müssen neue her. Doch darüber, welche das sein könnten, gibt es keinen Konsens.

Wir nutzen Technologien, die einer kleinen Elite dazu dienen, ihren Herrschaftsbereich auszuweiten und uns ökonomisch auszubeuten. Wir sind Sklaven: Sklaven des Geldes, der Technik und der Massenmedien.

Wir sind angreifbar geworden. Multinationale Konzerne, Geheimdienste und Hacker haben es auf unsere Daten abgesehen. Ohnmächtig stehen wir vor der digitalen Welt, einer Welt, deren Funktionsweisen nur wenige wirklich verstehen. Der Verlockung unbegrenzter Kommunikation folgend, koppeln wir uns immer weiter ab von dem, was man als natürliches Leben bezeichnet. Ständige Verfügbarkeit, Multi-Tasking und Leistungsdruck lassen uns zu psychisch Leidenden werden.

Die vita activa herrscht, während die vita contemplativa kaum noch Platz in unserem Leben einnimmt.

Am Abend ziehe ich mir die zweite Staffel von Mr. Robot rein. Über Seiten wie movie4k.to bekomme ich die neuesten Sachen als Stream. Nebenher trinke ich eine halbe Flasche Rotwein und ziehe unentwegt an der E-Zigarette. Das Einschlafen fällt mir trotzdem schwer. Da denke ich dann wieder, dass das Projekt die nutzlose Ausgeburt von Selbstüberschätzung sein könnte. Ich stehe also wieder auf und leere die angebrochene Flasche auf ex. Zurück in Liegeposition überkommt mich ein leichter Schwindel. Genau das brauche ich. Mitten in der Nacht weckt mich meine Blase. Beim Pissen fällt mir ein, dass ich die entwendete Speicherkarte noch nicht ausgewertet habe. Damit ich das nicht wieder vergesse, lege ich meine Zahnbürste direkt ins Waschbecken. Und mit dem Geräusch des sich füllenden Spülkastens gleite ich zurück in den Schlaf.

Am nächsten Morgen klicke ich mich durch Fotos, die vermutlich auf einer wissenschaftlichen Konferenz entstanden sind. Das ist langweilig und ich will das gar nicht zu Ende anschauen. Also mache ich ein neues Fenster auf, in dem mir alles in Vorschaugröße angezeigt wird. Ich sehe sofort, dass da intime Zeugnisse ihrer Entdeckung harren. Nackte Haut. Titten. Nun aber flink das Vollbild. Eine schlanke, rotgelockte Frau, schätzungsweise Ende vierzig, die in einem Hotelzimmer posiert. Sie trägt nur einen engen blassblauen Slip. Die Falte der Möse zeichnet sich darunter sehr schön ab. Ihre Brüste haben diese altersbedingte Schlaffheit, aber alles in allem ist sie nicht unattraktiv. Ich verspüre eine Regung, aber unterlasse es, dem Trieb nachzugehen. Ein weiteres Bild zeigt sie gemeinsam mit einem Mann ihres Alters aus der Selfie-Perspektive, auf dem nächsten Foto küsst sie ihn demonstrativ. Die Bilder sind alle im selben Hotelzimmer entstanden. Die beiden haben ganz offensichtlich eine Affäre.

Ich schaue mir die Bilder der Konferenz genauer an. Die Frau ist unter den Referenten. Auf der Präsentation im Hintergrund lese ich *VI. Internationale Germanistentagung*. Ein paar Sekunden später befinde ich mich auf den Seiten der Uni Heidelberg. Die Konferenz ist knapp drei Wochen her. Eine Liste der Vorträge ist schnell gefunden. Ein Potpourri des Belanglosen. *Frauen-Empowerment und Chic-Lit: Genderfragen bei Eva Heller und Hera Lind*. Sowas zum Beispiel. Da ist mir die zehntausendste Goethe-Studie fast lieber. Wie auch immer. Fünf weibliche Namen kommen in Frage. Nach drei Suchen werde ich fündig: Dr. Evelin Vogel. Sie hat über die *„sexuelle Frage' im deutschen Kolonialroman* referiert und ist Dozentin für Deutsche

Philologie an der Uni Greifswald. Ihr Konterfei auf der Website passt zu den Bildern auf der SD-Karte. Unter den ersten Suchtreffern ist auch ein Artikel über Werner Groß. Da hat die vielleicht auch sexuelle Fragen an dessen Werk gestellt, denke ich mir. Doch zwei Klicks später weiß ich, dass es seine zweite Ehefrau ist. Die ist natürlich zwanzig Jahre jünger – mindestens. Kein Wunder also, dass die fremdfickt.

Werner Groß hat ja schon länger keine größeren Werke mehr rausgebracht, aber medial ist er immer noch sehr präsent, nicht zuletzt durch sein politisches Engagement und die Auszeichnung mit dem Nobelpreis vor einigen Jahren. Zwei seiner Bücher habe ich in guter Erinnerung. Ich habe ehrlich gesagt auch nur zwei gelesen, also so halb. Bei *Der Igel* bin ich mittendrin stecken geblieben. Die umstrittene Verfilmung kannte ich aber schon, insofern weiß ich Bescheid.

Ich gehe auf den Balkon und rauche. Das ist ein Ding, sage ich mir, da bin ich also im Besitz privater Fotos, die Werner Groß höchstselbst betreffen. Ich rauche bestimmt zehn Minuten pausenlos, das Gerät wird richtig heiß und irgendwann habe ich diese widerliche Flüssigkeit im Hals, die ja eigentlich restlos verdampft werden soll. Ich wasche mir den Mund aus und fertige eine Sicherheitskopie an. Dann versuche ich, mich auf mein eigentliches Vorhaben zu konzentrieren. Das fällt mir schwer, immer wieder gleiten meine Gedanken ab. Das Kapitel, an dem ich schreibe, handelt von den wirtschaftlichen Umwälzungen, die von Robotik und digitaler Prozessautomation ausgehen. De facto erhöhen diese das Gesamtvermögen, aber in erster Linie zu Gunsten der Reichen und Superreichen, während das Einkommen der Mittel- und Unterschicht stagniert oder sogar schrumpft. Als Quelle dient mir tatsächlich ein dickes Buch. Ich komme nur langsam voran, das Thema ist komplex. Es ist mir kaum möglich, den Sachverhalt verständlich nachzubilden. Nach drei endlosen Stunden gönne ich mir eine Pause. Ich ziehe das Buch *Jenseits der Nacht* aus dem Regal. Das ist ja der Erstling von Werner Groß, mit dem ihm Ende der sechziger Jahre der Durchbruch gelang. Darin lässt er seine Jugend in Prerow auf der

Halbinsel Darß aufleben. Die ist einerseits von ursprünglicher Naturerfahrung geprägt, andererseits von den Nöten, die der zurückliegende Krieg und die sowjetische Besatzung mit sich brachten. Am Ende steht die heroische Flucht des Protagonisten in den Westen. Gemeinsam mit seinem älteren Bruder wagt er sich bei völliger Dunkelheit auf ein Segelboot und schafft es bis auf eine dieser dänischen Inseln.

Ich lese bis in den Abend hinein. Da ich morgen Frühschicht habe, lege ich mich schon gegen neun ins Bett. Meine Gedanken kreisen um die Fotos. Ein schlechtes Gewissen habe ich nicht. Es ist ja nicht der erste Datenträger, den ich entwendet habe. Allerdings drängt sich die Frage auf, zu was ich noch fähig bin, schließlich will ich nicht enden wie Aaron Swartz. Das ist natürlich nur die halbe Wahrheit, denn eigentlich wäre ich gerne einer wie er, also ein Hacker mit Idealen. Leider beschränken sich meine Coding Skills auf ein paar Python-Basics. Aaron Swartz hingegen war ein Wunderkind. Der hat schon als Teenager bei der Entwicklung von RSS mitgewirkt, das ist dieser Web-Feed-Standard – und Reddit kennt ja sowieso jeder. Mit 26 hat er sich umgebracht: angesichts der langen Gefängnisstrafe, die ihm wegen des JSTOR-Hacks drohte. Als ich seinerzeit davon erfuhr, war es wie bei Kurt Cobain: Ich war fasziniert und las alles über den Fall, was ich finden konnte.

2.3

Den nächsten Tag verbringe ich am Check-In der Lufthansa und hieve Koffer aufs Band. Es ist der Schalter für die erste Klasse. Ich bin dort nicht so oft, aber regelmäßig eingeteilt. Von allen Einsatzorten ist es der angenehmste. Man ist dem Wetter ebenso wenig ausgesetzt wie den rauen Sitten des Vorfelds, und Tropenkeime muss man auch nicht einatmen. Da die Personalleitung davon ausgeht, dass Bildung und höfliches Verhalten miteinander korrelieren, werden hier gerne Studenten eingesetzt. Und obwohl man meist im Hintergrund agiert, habe ich den Eindruck, dass für die erste Klasse nur halbwegs ansehnliche Kollegen ausgewählt werden. Das gilt natürlich auch für die Damen am Schalter. Im Vorzeigebereich des Terminals versucht die Lufthansa zu glänzen, wo es nur geht.

Ich bin auch für das Sperrgepäck zuständig. In dieser Klasse sind das meist Golftaschen, seltener Ski- oder Taucherausrüstungen. Da es nur wenige Sperrgepäckscanner gibt, muss ich die Sachen mit einem Wagen durchs Terminal ziehen. Dann schließe ich einen Raum auf und lege die Stücke aufs Band. Einen Stock tiefer erfolgt die Durchleuchtung mit Röntgenstrahlung. Eine riesige Industrie lebt von der abstrakten Terrorgefahr. Aber das sage ich nicht kritisch. Der Aufwand ist leider alternativlos.

Ich verspüre zuweilen den Reiz, Gepäckstücke zu öffnen, von denen ich weiß, dass sie Jagdwaffen enthalten. Zum Glück wird der Raum videoüberwacht. Ich hätte sonst vermutlich längst ein paar Flinten in die Hand genommen. Wenn ich dann zu Ende überlegt habe, was ich alles machen könnte, wenn ich unbeobachtet wäre, gehe ich stets gemächlichen Schrittes zurück, dabei bewusst kleine Umwege nehmend, um möglichst viel Zeit zu vergeuden.

Die ständigen Durchsagen nehme ich kaum noch wahr, aber die Fluggäste beäuge ich immer noch gerne: Den Supervielflieger mit Honary-Status erkennt man daran, dass er männlich ist, nur mit Handgepäck reist und in letzter Minute eincheckt. Wenn so einer wirklich spät dran ist, das Flugzeug indes noch in Parkposition steht, greifen die Damen am Check-In zum Hörer und ordnen an, noch ein paar Minuten zu warten. Diese Kunden haben Sonderrechte.

Dafür zahlen die Firmen, auf deren Geheiß sie reisen, aber auch horrende Summen.

Erwartungsgemäß sieht man am Erste-Klasse-Schalter auch Prominenz verkehren. Ich habe schon Justin Biebers Hockeyschlägertasche aufs Band gehoben und von Claudia Schiffer die Jagdausrüstung. Ich hätte die ja glatt übersehen, aber die Kollegin vom Check-In war so erregt, wie ein kleines Mädchen wirkte die. Da habe ich natürlich genauer hingeschaut. Und dann stand sie da: die große, blonde Superikone der Neunziger, etwas sehniger zwar, aber immer noch hübsch. Daneben ihr Mann, dieser adelige Schnösel und Filmfuzzi. Das soll ja ein kinderreiches Paar sein, verständlich, dass man die Blagen zuweilen dem Kindermädchen überlässt – von mir aus auch, um dann Wonne in der Waid zu suchen.

Apropos Geld und Adel: Den lässigsten Job am Flughafen haben die vom VIP-Fahrservice. Die holen die Reichen und Berühmten direkt vom Privatjet ab und chauffieren sie dorthin, wo sie abseits üblicher Terminalwege weiterreisen können. Die tun wirklich nichts anderes, als den ganzen Tag mit einer Nobelkarosse übers Vorfeld zu heizen, sonnenbebrillte Erfolgsmenschen im Gepäck. Zumindest stelle ich mir das so vor. Ich würde mich ja auf diesen Job bewerben, aber ich befürchte, dass mein Führungszeugnis dann auf den Tisch käme. Mich wundert ohnehin, dass die Information über meine Vorstrafe noch nicht bis zur Personalabteilung durchgedrungen ist.

In der Mittagspause bestelle ich mir Frikadellen, Kartoffelsalat und ein alkoholfreies Bier von Beck's. Das schmeckt ähnlich wie normales Beck's: wässrig und dünn. Ich beiße in die Frikadelle. Der Geschmack ist okay, die Konsistenz nicht: Da sind Knorpelreste drin. Meinetwegen, aber dann doch bitte so fein zerkleinern, dass es nicht auffällt. Jetzt habe ich keinen Appetit mehr, esse aber trotzdem auf, weil ich Lebensmittelverschwendung ganz besonders hasse.

Am Nachmittag checkt Reinhold Messner ein. Sein wallendes Haar ist ergraut. Ansonsten sieht er noch recht stattlich aus für seine siebzig Jahre. Er trägt eine Ethno-Kette, vermutlich tibetisch oder so, und reist nur mit Alu-Trolley. Seine Zeit der Expeditionen ist vorbei. Die Chance, am Berg zu sterben, hat er verpasst. Nun riskiert er, unwürdig zu altern, mit Inkontinenz und Dekubitalgeschwür. Da ist ein Gletscherspaltensturz doch die weitaus schönere Vorstellung.

Am Abend finde ich heraus, dass die staatlich verordnete Zuverlässigkeitsüberprüfung immer fünf lange Jahre gültig ist. Hurra, denke ich, dann schreibe ich jetzt eine Bewerbung und schaue einfach, was passiert.

Ich feile bis in die Nacht hinein an dem Schreiben, erwähne den Personenbeförderungsschein und erkläre, dass ich die Flughafentopografie bestens kenne und bereits im First-Class-Bereich gearbeitet habe. Im Englischen bin ich natürlich verhandlungssicher. Den Punkt Diskretion spreche ich gar nicht erst an. Das versteht sich ja von selbst.

Ich lege mich erschöpft hin. Die Bettwäsche habe ich seit Monaten nicht gewechselt. Der Bezug der Matratze hat einen Gelbstich bekommen, aber das stört mich gerade gar nicht. Ich male mir aus, wie ich einen S-Klasse-Benz über die gleißende Ebene des Vorfelds manövriere, vor einem Jet zum Halten komme und dem zu befördernden Alphatier die Tür aufhalte, ohne Miene zu verziehen, versteht sich.

In der Nacht träume ich, wie Reinhold Messner in den Wagen steigt. Wir fahren und fahren, aber wir kommen nicht an. Das Vorfeld ist eine endlose Wüste aus Stein und Staub. Im Rückspiegel sehe ich, dass sich mein Fahrgast in ein anthropoides Tier verwandelt hat. Ich gebe Vollgas und dann heben wir ab. Wir sitzen in einem Kleinflugzeug. Die fremden Instrumente überfordern mich. Irgendwie gelingt es mir, auf Autopilot zu schalten. Wir gleiten über die Wüste Gobi, doch in der Ferne leuchten schon die Ausläufer des Himalayas. Der Hominide auf dem Rücksitz lässt einen Schrei los, gleichzeitig stoppt der Propeller. Schlagartig ist es ganz still. Wir verlieren schnell an Höhe. Eine Sekunde bevor das Flugzeug an einer Felswand zerschellt, schrecke ich hoch. What the fuck, denke ich, und realisiere, dass ich gleich morgens und abends vergessen habe, das Medikament zu nehmen. Der ungeliebte Blick in den Spiegel offenbart, dass meine Pupillen extrem geweitet sind. Ich schlucke die Tablette und lege mich bei eingeschaltetem Licht ins Bett. Paroxitam ist nicht retardiert, aber bis die Wirkung einsetzt, wird es trotzdem eine Weile dauern. Mit nervös zitternder Hand halte ich ein Reclam-Heft vor meine Augen: Einstein im Gespräch mit Heisenberg. Die Schrift ist zu klein, denke ich, aber meine Brille liegt nicht in Reichweite. Es geht um Amphetamin. Einstein kommt mit der einheitlichen Feldtheorie partout nicht weiter und bittet Heisenberg um Hilfe. Der präsentiert plötzlich so kristalline Scherben, die cyanblau opalisieren. Dies sei ein hervorragendes Mittel zur mentalen Leistungssteigerung, sagt er, chemisch rein, euphorisierend und blitzkriegerprobt. Einstein stellt keine Fragen, er sieht irgendwie traurig aus. Er legt sich ein winziges Stück davon auf die Zunge und zerbeißt es. Dann schüttelt er sich und grinst wir ein Irrer.

Warum denn alles so hell sei, johlt er erstaunt.

In dem Moment ändert sich der visuelle Eindruck: Ich werde von kaltem Leuchtdiodenlicht geblendet. Ich schließe die Augen, halte sogar die Hände vors Gesicht, doch der Eindruck ändert sich nicht. Meine tatsächlichen Augen haben sich also geöffnet, während das Selbstmodell noch im Traum verhaftet ist. Es wird noch schlimmer, als der Kontakt zur Traumwelt abreißt. Jetzt liege ich da und bin unfähig, meine Glieder auch nur einen Millimeter zu bewegen. Das muss die berüchtigte Schlafparalyse sein, die nur selten bewusst erlebt wird. Zwar ist der Spuk schnell vorbei, aber diese Sekunden sind so mit das Unangenehmste, was man sich vorstellen kann.

2.4

Am nächsten Morgen wache ich frierend auf. Die Fensterscheiben sind beschlagen, draußen herrscht dichter Nebel. Ich drehe die Heizung auf und lege mich wieder ins Bett. Der Herbst passt zu meiner Stimmung. Gegen Mittag stehe ich auf. Es nebelt immer noch. Ich esse zwei Toastbrote mit Kochschinken, setze mich an den PC und klicke mich durch die üblichen Seiten: Reddit, Spiegel Online, Heise. Dann die Mails: Newsletter, Coupons, die Bahn will irgendwas von mir, der tägliche Mist eben. Und dann frage ich mich, was der Unterschied zwischen *fog* und *mist* ist, und weil die vermeintliche Antwort immer nur zwei Klicks entfernt ist, lese ich, dass bei Sichten unter tausend Metern von *fog* gesprochen wird. Als ob die Sprache da so scharf wäre! Na ja, jedenfalls ist da auch eine Mail von Michael. Er hat mir einen Link zu einem Video über Ameisen geschickt. Das soll ich mir anschauen, aber es hat eine Länge von zwanzig Minuten, so viel Zeit habe ich nicht. Treffen würde ich mich schon gerne mit ihm. Aber unter der Woche stehen die Chancen dafür schlecht. Er ist als Web-Entwickler angestellt. Sein Philosophiestudium hat er trotz seiner bemerkenswerten Intelligenz abgebrochen. Wir waren eine Zeit lang Kommilitonen. Er galt schon damals als Sonderling. Ich lernte ihn während eines Seminars über Modallogik bei Professor Fuhrmann kennen. Nun ist er der einzige Freund, der mich versteht, der zu mir hält und der mich inspiriert. Er kann meine Kritik an der immer existentieller werdenden Vernetzung verstehen. Die Offenbarungen Snowdens reflektiert er durchaus. Aber im Gegensatz zu mir hat er mehr Zuversicht, was die Zukunft angeht. Er glaubt an die neuen Krypto-Anwendungen. Sein Optimismus geht so weit, dass er in Bitcoin und Ether investiert. Er stellt indirekt Rechenleistung zur Verfügung und erhält im Gegenzug Kryptogeld. Das nennt sich Mining, eine Bezeichnung, die Wertschöpfung suggerieren soll. Miner erzeugen das dezentrale Netzwerk, über das alle Transaktionen abgewickelt werden, und sichern es gleichzeitig ab. Zu Beginn konnte man dafür noch Grafikkarten verwenden. Da der Rechenaufwand für das Erzeugen von Währungseinheiten nach und nach steigt, ist der Selbstbetrieb aber nicht mehr profitabel. Mittlerweile gibt es Unternehmen, die ganze Hallen mit Spezialhardware füllen, und zwar dort, wo Strom wenig kostet. Idealerweise ist es da auch kalt, weil dann weniger Energie für die Prozessorkühlung aufgewendet werden muss. Das nötige Kapital bekommen die von denen, die „Hashpower" anmieten. Michael macht das. Er sagt, bei positiver Kursentwicklung sei es eine Win-Win-Situation. Dass dabei selten grüner Strom eingesetzt wird, ist ihm natürlich völlig egal.

Ich bin mir bewusst, dass ich diese Entwicklung antizipieren muss, wenn mein Text nicht zur bloßen Polemik verkommen soll. Deswegen schreibe ich mir dazu allerhand Fragen auf, klicke mich stundenlang durch Wikipedia-Artikel, Foren und Blogs, studiere Kurse und Market Caps und staune darüber, dass in sieben Jahren rund tausend Alternativwährungen entwickelt wurden, alle beruhend auf dem Blockchain-Prinzip, aber mit je veränderten Eigenschaften ausgestattet.

Die zweithöchste Marktkapitalisierung hat Ether, die Währung der Ethereum-Plattform, die mehr als ein Geldtransaktionssystem sein soll. Der erste „Weltcomputer" sei hier geschaffen worden, von jedem nutzbar, um Anwendungen ohne Möglichkeit von Ausfallzeit, Zensur oder Betrug laufen zu lassen. Wow!

Ether, das ist das unwandelbare Element. Das weiß ich noch aus einem dieser Prosemiare über Aristoteles und Konsorten. Das war zwar völliger Unsinn, also das mit den fünf Elementen, aber irgendwie hat sich das Vokabular durch die Geschichte gemogelt. Man denke nur an den Lichtäther oder an das Wort *Quintessenz* oder an diesen skurrilen Film von Luc Besson.

Ich ziehe genießerisch an der E-Zigarette und formuliere etwas dazu.

Dämmert mit Ethereum wirklich etwas Großes auf, oder wird sich das Projekt als genauso flüchtig, ja nichtig erweisen wie der einst postulierte Lichtäther? Und was passiert, wenn ein einzelner Akteur mehr Rechenleistung aufwendet als alle anderen Akteure zusammen? Ist das nicht bloß der Auftakt eines neuen Wettrüstens, das am Ende wieder der mit dem höchsten Budget gewinnt?

Ich denke, dass sich reine Kryptowährungen auch im Mainstream etablieren werden. Sie unterlaufen das regulatorische Konzept einer Zentralbank, bieten mehr Anonymität und erhöhen durch geringe Transaktionskosten den Druck auf klassische Bezahlsysteme. Über den Erfolg zusätzlicher Anwendungen kann nur spekuliert werden. Da geht es um digitale Rechteverwaltung, Prognosemärkte, Glücksspiel und ein paar Dinge, die ich nicht wirklich verstehe. Die Anonymität wird natürlich ausgenutzt: Drogen, Waffen, Geldwäsche, Finanzierung von Terror, Kinderpornos. Und obendrauf gibt es natürlich gewiefte Hacker, die Handelsplattformen kompromittieren, Rechnernetze mit Mining-Software infizieren oder Verschlüsselungstrojaner verbreiten.

Michael ist natürlich bewusst, dass die Freiheit, auf die er setzt, auch die Freiheit der Kriminellen bedeutet. Aber das kümmert ihn nicht. Da ist er egoistisch. Ich bin da hin- und hergerissen. Der Missbrauch ist so ausufernd, dass man eigentlich nicht sagen kann, es sei bloß die übliche Schattenseite einer ansonsten vielversprechenden Technologie. Außerdem ist es ja nur eine Frage der Zeit bis heutige Verschlüsselungsstandards obsolet sind. Die ultimative Waffe des Informationszeitalters wird kommen. Das wird vermutlich noch einige Jahre dauern, aber ist der Quantencomputer erst einmal da, wäre Primfaktorzerlegung ein Kinderspiel und das RSA-Kryptosystem erledigt. Die Hashfunktion, die bei Bitcoin zum Einsatz kommt, wird zwar erst dann umkehrbar, wenn die Zahl verschränkter Quantenbits mit der Länge des Hashwerts gleichzieht, aber ein Schutz für die Ewigkeit ist auch das nicht. Tatsächlich wird bereits an Lösungen gearbeitet, die das Potential von Quantenprozessoren voraussetzen. Die nötige Totalumstellung wäre natürlich langwierig und würde sich über Jahre ziehen, während die NSA, oder wer auch immer die neuen Computer als erstes bereithielte, diese längst nutzen würde.

Die Beschaffenheit eines Quantencomputers ist natürlich komplex, aber wenn man von den physikalischen Prämissen absieht, lässt sich das Prinzip seiner Überlegenheit leicht verstehen: Ein klassisches Register, das aus drei Bits besteht, kann in einem Moment nur einen von acht möglichen logischen Zuständen einnehmen. Ein Drei-

Qubit-Register kann alle acht Zustände gleichzeitig innehaben. Das nennt man Superposition. Man stelle sich bloß vor, jedes Feld eines Schachbretts sei ein Qubit, das mit den jeweils anderen maximal verschränkt ist. Das bedeutete die Superposition von 2 hoch 64 Zuständen. Jeder, der die Reiskornverdopplungsgeschichte kennt, sollte eine Ahnung davon haben, wie groß diese Zahl ist.

Draußen dämmert es schon. Der Himmel färbt sich Dunkelrosa. Am Horizont reihen sich zwei Maschinen für den Landeanflug ein. Ich bleibe vom Fluglärm weitestgehend verschont, aber dafür sind die Mieten hier auch höher als im Süden der Stadt. Der Wohnungsmarkt ist in Frankfurt schon lange aus den Fugen geraten. In diesem Moment spielt das freilich keine Rolle. Ich freue mich darüber, dass der Tag zur Neige geht und die Textdatei ein paar Kilobyte zugenommen hat. Also beschließe ich, was zu essen, stelle aber fest, dass ich gar nichts da habe, auf das ich Lust hätte, und zum Einkaufen bin ich gerade auch zu faul, obwohl der Penny direkt ums Eck liegt.

Bei diesem Bringdienst, der früher mal gut war und Joey's hieß, kann man sehen, wie weit die gerade sind. Jetzt steht da „im Ofen", was absolut keinen Sinn ergibt, weil ich Pasta bestellt habe und einen Salat. Eine Webcam wäre hier natürlich hilfreich. Aber das machen die dann doch nicht. Das ist ja Systemgastronomie, und sowas will kein Mensch sehen.

Am Samstag hat Michael Geburtstag. Da macht er natürlich kein großes Ding draus. Aber betrinken werden wir uns schon. Also ich werde mich betrinken, er hält sich da ja meistens zurück. Ich überlege noch, was ich ihm schenken könnte. Die letzten Male habe ich Kinogutscheine besorgt, mit dem Ergebnis, dass ich mir saudumme Marvel-Filme ansehen musste. Irgendwas mit *Avenger* und vor zwei Jahren *Ant-Man*. Mit Ameisen hat es Michael ja. Er hat den Film geliebt: Die Fähigkeit, mit Ameisen zu kommunizieren, sei die geilste Superpower, die er sich vorstellen könne. Ich dagegen hasse Superhelden-Comics. Ich denke, dieses Mal erspare ich mir das. Vielleicht sollte ich ihm ein Flakon mit Pheromonen besorgen, sowas gibt's ja, dann kann er die chemisch-olfaktorische Kommunikation schon mal üben, also mit Frauen. Auf die steht er ja auch, nach allem, was ich weiß.

2.5

Michael wohnt nicht direkt in Frankfurt, sondern in Offenbach. Das ist dieser Ort, der vielleicht vor hundert Jahren mal ganz schön war. Heute ist das ein Ghetto, natürlich nicht überall, aber der Teil, den ich kenne, irgendwie schon. Menschen ohne Migrationshintergrund sind dort die Ausnahme. In Frankfurt nimmt das natürlich auch zu, und damit meine ich nicht die qualifizierten Ausländer, die diese Stadt schon immer anzieht. Was mir nicht schmeckt, sind die rückständigen Anschauungen, die der Islamimport mit sich bringt. Da wird zwar immer behauptet, die Religionen seien im Grunde gleich, aber das ist ja absurd. Als ob man die Texte der Schriftreligionen einfach austauschen könnte. Je extremer, desto näher ist man doch dran am Leben und der Lehre Mohammeds. Eine reformatorische Bewegung täte hier gewiss gut, aber weil man in etliche Konfessionen gespalten ist, wird es auf lange Zeit auch diejenigen geben, die einen Islam light nicht nur ablehnen, sondern mit Gewalt bekämpfen. Traurig, aber wahr.

Das also iteriere ich mal wieder, während ich im Nieselregen zur S-Bahn-Station Ostendstraße schleiche, der schäbigsten Station in ganz Frankfurt. Gleich am Ende der Rolltreppe ist eine Suchtambulanz. Da beziehen dutzende Junkies ihre tägliche Dosis Diamorphin, also chemisch reines Heroin. Die behandeln da aussichtslose Fälle, die man aus der Beschaffungskriminalität raushalten will. Aber nach ihrem Schuss hängen die unten in der Station ab. Da wird dann hübsch in die Ecken gepisst. Die sind so zugedröhnt, dass denen alles egal ist, wie Zombies wirken die. Mir tun sie meistens leid, aber manchmal auch nicht.

Neben dem Fahrkartenautomaten sitzt auch heute wieder der Roma, der mit seinem Akkordeon stets die gleiche Tonfolge spielt. Das ist so unfassbar schlecht. Aber irgendwie gebe ich dem trotzdem gelegentlich was. Dann lacht er immer und ich erschrecke mich jedes Mal, weil der fast keine Zähne mehr hat. Er ist der meistgefilmte Mensch der Stadt. Eine Überwachungskamera ist genau in seine Ecke gerichtet, aber das ist ihm natürlich völlig egal.

Nach Offenbach sind es nur drei Stationen. Ich ziehe mir ein normales Ticket für 2 Euro 75. Eigentlich muss ich 4,80 zahlen, weil die Stadtgrenze dazwischen liegt. Am Gleis esse ich diesen extrem süßen Apfelkuchen aus dem Automaten. Der schmeckt echt ganz gut. Erst nachdem ich das gegessen habe, widert mich das an. Jetzt sehe ich, dass da was mit bunter Kreide auf den Bahnsteig gekritzelt wurde: Irgendwer hat was gegen Milch! Das finde ich so komisch, dass ich mich fast verschlucke. Da mache ich mal ein Foto von. Doch während ich das tun will, fährt der Zug ein.

Während der Fahrt versuche ich, mit dem kleinen Finger die Kuchenreste aus den Zahngruben zu entfernen. Aber dann lasse ich das, denn am Mühlberg steigen tatsächlich Kontrolleure zu. Fuck! Ich hoffe, auf Zeit zu gewinnen, doch die Fahrt bis Kaiserlei zieht sich. Der eine Kerl kommt bedrohlich nahe, ich drehe mich weg und positioniere mich vor der Tür. Als ich angesprochen werde, zeige ich mein Ticket und stelle mich dumm. Er erklärt mir, dass dies ein anderer Tarifbereich sei. Ich versichere natürlich, dass ich das beim nächsten Mal berücksichtigen werde, aber er will mich trotzdem abkassieren. Ich halte den Typen noch etwas hin, fasele, dass ich neu in Frankfurt sei, und als die Tür dann aufgeht, sprinte ich einfach los. Er brüllt noch was von „Polizei", aber versucht gar nicht erst hinterherzulaufen, denn dazu wäre er auch viel zu fett.

Jetzt muss ich leider ein ganzes Stück durch den Regen laufen, aber das nehme ich gerne in Kauf. Die sechzig Euro hätten geschmerzt.

Michael wohnt in einer kleinen Zweizimmerwohnung mit Balkon. Auf seinem Schreibtisch stehen gleich zwei Bildschirme, beide mit Quad-HD-Auflösung. In seinem Tower Case steckt ein Ryzen-Prozessor mit acht Kernen. Er spielt diese Ego-Shooter-Sachen. Call of Duty, Doom, Battlefield und wie sie alle heißen. Eine VR-Brille hat er auch. Ich habe die mal ausprobiert. Man ist wirklich mitten im Geschehen. Immersion nennt man das. Das Rattern des Maschinengewehrs hat dermaßen in den Ohren gedröhnt. Nach zehn Minuten ist mir schlecht geworden. Aber heute spielen wir Schach.

Jeder mit zwanzig Minuten auf der Uhr. Wir spielen immer mit Uhr. Ohne Uhr ist Schach ein anderes Spiel. Die erste Partie läuft ausgeglichen, wir tauschen schnell ab, aber dann ist klar, dass er einen Bauer durchbringen wird und ich gebe auf. Während der zweiten Partie fangen wir an, Dosenbier zu trinken. Ich verliere auf Zeit, eigentlich stand ich nicht schlecht. Nach dem dritten Bitburger erwähne ich das Nacktfoto. Er will es natürlich sehen, aber ich habe das ja gar nicht dabei. Er feixt, dass ich einsam, krank oder beides sei, anders lasse sich mein Interesse am Privatleben fremder Leute nicht erklären. Ich weiß nicht, was ich darauf antworten soll, da ich mir da selbst nicht klar drüber bin. Also wechsele ich das Thema, indem ich erwähne, dass ich ein Kapitel über diesen Kryptokram geschrieben habe. Er ist darüber etwas überrascht, verspricht aber, den Ausdruck, den ich mitgebracht habe, „mal zu lesen". Das Projekt an sich findet er viel zu ambitioniert. Dass ich das Ganze heimlich als „Manifest" bezeichne, weiß er natürlich nicht, und das ist auch besser so.

„Bitte ein Bitcoin", proste ich, stürze das halbe Bier runter und rülpse wie sau. Michael ist angewidert ob meines Mangels an Manieren. Trotzdem muss ich ihn heute gar nicht überreden, nach Frankfurt zu fahren. Er schlägt das von sich aus vor. Dann also nix wie los.

In der S-Bahn trinke ich die vierte Dose. Michael ist zwar im Rückstand, aber er ist schon merklich angetrunken. Am Hauptbahnhof steigen wir aus, fünf Minuten später sitzen wir in der Terminus-Klause. Das ist ein Laden, in den man eigentlich nur geht, wenn man sich richtig zusaufen will. Das Publikum ist gemischt: Vom Banker bis zum Fulltime-Alkoholiker ist alles dabei. Ich rauche gerne elektronisch, aber hier komme ich mir mit dem Gerät lächerlich vor, also ziehe ich mir ein Päckchen blaue Gauloises und lasse mir Feuer geben. Dann zahle ich zwei Gedecke, also Bier und Korn, und gebe mich dem Suff und Gesprächen über Branwelten und höhere Dimensionen hin, obwohl ich davon absolut keine Ahnung habe und Michael nur so halb.

Nach zwei Stunden bin ich einigermaßen voll, Michi auch, wenngleich er viel weniger getrunken hat. „Michi" will er natürlich nicht genannt werden, genauso wie ich kein „Andi" bin, aber alkoholisiert machen wir manchmal eine Ausnahme.

Ich frage, ob er schon mal Sex mit Nutten hatte. Er entgegnet, dass ich die Antwort kenne, weil ich das in der Vergangenheit bereits zweimal gefragt hätte.

Ich schlage vor, an die frische Luft zu gehen. Da hat er nichts dagegen. Mittlerweile ist es kurz nach eins. Wir könnten jetzt noch ins Cave oder ins Final Destination, aber da haben wir beide keine Lust zu. Michael tanzt nie, ich poge höchstens. „Reise, Reise, Fahrvergnügen", raune ich mit rollendem R. Dann rücke ich mit der Sprache raus und schlage vor, in ein Bordell zu gehen, und schiebe gleich hinterher, dass ich ihn einlüde, weil er ja Geburtstag habe.

Ich habe eigentlich damit gerechnet, dass er ablehnt, aber dann gibt er zu, dass er nicht abgeneigt sei. Ich gehe also flink Bargeld ziehen und dann sind wir schon in einem dieser Laufhäuser. Da spaziert man einfach so rein. Die Damen sitzen auf Barhockern vor ihren Zimmern und buhlen aufdringlich um die Gunst der Freier. Die Anreden „hey Süßer" und „schöner Mann" werden dabei inflationär verwendet. Michael entscheidet sich gleich Parterre für eine dralle Latina. Ich drücke ihm fünfzig Euro in die Hand und marschiere die Treppe hoch, schließlich will ich das ganze Angebot in Augenschein nehmen. Im zweiten Stock steht eine Schwarze, die einen Kopf größer ist als ich, zumindest mit den Highheels, die hier eigentlich alle tragen. Sie macht eine Bewegung, die Oralsex andeutet. Ich lehne ab. Auf Schwarze und Thailänderinnen stehe ich nicht. Auch Latinas reizen mich nicht übermäßig, da geht aber schon eher was. Ich kann nichts dafür, aber in Sachen Sex bin ich rassistisch durch und durch. Am liebsten sind mir europäische Frauen mit richtig blasser Haut. Im dritten Stock treffe ich auf eine, die dieser Vorstellung nahe kommt. Sie bietet „Blasen und Ficken" für vierzig Euro. Ihrem Akzent nach kommt sie aus Osteuropa. Ich überlege kurz, ob ich noch in den vierten Stock gehen soll, denke dann aber, dass es unhöflich wirken könnte, wenn ich dann wiederkäme. Ich zahle ihr fünfzig Tacken, lasse mich aufs Bett fallen und spüre meinen Rausch, während ich mich im Liegen entkleide. Das Zimmer ist diffus beleuchtet, es riecht nach billigem Parfüm, Vanille-Mandel oder so. Immerhin übertüncht das den Schweißgeruch der Vorgänger. Wie viele hier in den letzten Stunden wohl abgefertigt wurden? Besser nicht drüber nachdenken. Sie zieht mir ein Kondom über, sanft und ohne Hast. Da ich Oralsex mit Gummi für überflüssig halte, gebe ich ihr zu verstehen, dass sie doch bitte gleich zum Hauptteil übergehen möge. Sie ist rasiert, also komplett, das mag ich eigentlich nicht so. Jetzt setzt sie sich auf mich. Ich beobachte genüsslich wie mein Schwanz in ihr verschwindet. Sie stöhnt leicht, das macht mich an, obwohl sie natürlich nur so tut, als habe sie auch was davon. Nach drei Minuten ist Stellungswechsel angesagt. Sie streckt mir ihren Hintern entgegen. Wenn ich in dieser Stellung nicht komme, komme ich gar nicht, und danach sieht es leider aus. Ich ficke sie, bis mir der Schweiß auf der Stirn steht. Sie merkt schließlich auch, dass das nichts wird, und versucht ihr Glück dann noch mit der Hand. Das Kondom streift sie vorher ab. Und mit ihren Händen ist sie irgendwie äußerst geschickt. Ich liefere wider Erwarten einen schönen Erguss ab. Sie lächelt, während sie sich die Finger abwischt, und ich fühle mich extrem gut. Während ich mich anziehe, mache ich Smalltalk und frage sie auch nach ihrem Namen.

Sie heiße Natascha.

Andreas, sage ich, obwohl das natürlich unnötig ist, aber irgendwie habe ich den Wunsch, sympathisch zu wirken.

Wie in Trance taumele ich die Treppe hinunter. Als ich auf die Straße trete, wartet dort schon Michael. Ich frage ihn, wie es war, aber ich sehe schon an seinem Gesichtsausdruck, dass er Spaß hatte. Ich hake da auch gar nicht weiter nach, weil ich weiß, dass ihm das unangenehm ist. Ich verspüre auf einmal großen Durst und kaufe mir im Yok-Yok ein Jever, das ich im Taxi unter Protest des Fahrers aufmache. Wir fahren durch das nächtliche Frankfurt, die Insignien der Macht leuchten auf uns herab: PwC, UBS, Deutsche Bank. Ich liebe und hasse diese Stadt. Auf der Rückbank ist Michael eingeschlafen. Ich glaube, das war ein Geburtstag, den er so schnell nicht vergisst. Ein guter Fick ist eben doch besser als ein Kinogutschein.

2.6

Das ist jetzt schon drei Wochen her, also der Geburtstag. Ich bin seither kaum weitergekommen, weil ich mich immer wieder mit Winzigkeiten beschäftige, die gar nicht so wichtig sind, mich aber trotzdem interessieren, gestern zum Beispiel mit IPsec, also der Umsetzung verschiedener Protokolle für den Aufbau gesicherter Verbindungen über unsichere Netze wie das Internet. Heute lese ich ein Buch, in dem es um Big Data und intelligente Maschinen geht. Mein Kopf schmerzt und ich rauche zu viel. Irgendwo steht da auch was von Roboterjournalismus. Sowas könnte ich gut gebrauchen. Aber eigentlich ist das ja ein Witz, schließlich werden da bloß Textbausteine kombiniert und mit Daten angereichert. Das mag zu beeindruckenden Ergebnissen führen, aber wirklich neue Texte, die gleichzeitig Pointen und subtile Zusammenhänge aufweisen, wird eine Maschine auf diesem Weg nicht schaffen können. Ich hoffe, dass mir hier nicht bloß die Fantasie fehlt.

Ich spiele schon länger mit dem Gedanken, Methylphenidat zu nehmen. Ich habe auch schon einen Versuch bei meinem Psychiater unternommen. Aber er hat sich geweigert, mir das zu verschreiben. Dabei bin ich wirklich der Meinung, dass es um meine Konzentrationsfähigkeit schlecht bestellt ist. Deswegen besorge ich mir das jetzt übers Darknet. Das ist nicht wirklich schwer. Man muss bloß den Tor-Browser installieren und schon kann man loslegen. Um zu verschleiern, dass ich das Tor-Netzwerk überhaupt nutze, aktiviere ich zusätzlich das VPN. Natürlich sollte man wissen, welche Adressen man eigentlich ansteuern will, aber dazu gibt es Listen, die man auch im Clearnet findet. Ich habe mich da für eine Plattform namens Tochka entschieden. Kryptogeld habe ich einfach bei Michael gekauft. Der hat mir die Summe dann auf eine Wallet überwiesen, die wir zusammen eingerichtet haben. Ich rede mir natürlich ein, dass dies ein notwendiger Selbstversuch sei, der meiner Glaubwürdigkeit als Autor dient.

Ich lege mir da also eine Hunderterpackung Ritalin IR in den Warenkorb und checke aus, fast wie bei eBay. Der Anbieter, ein User namens Cheeseburger mit Sitz in Rumänien, hat gute Bewertungen.

Er meldet sich kurz darauf per Email, PGP-verschlüsselt natürlich und in gutem Englisch. Ich nenne ihm die Anschrift sowie einen falschen Namen, und bitte ihn, das Ganze so zu verschicken, dass es durch einen Briefkastenschlitz geht. Hier im Haus gibt es nämlich zwei Kästen, die nicht genutzt werden, da werde ich einen entsprechend präparieren. Nachdem das geklärt ist, schicke ich 0.04 Bitcoin an einen Escrow-Account. Cheeseburger bekommt sein Geld nur, wenn er auch liefert, das ist doch mal was.

Nur vier Tage später ist die Sendung da. Ich löse das Namensetikett vom Kasten und ziehe das schmale Päckchen behutsam durch den Schlitz. Zurück im Zimmer nehme ich die Sendung in Augenschein und zähle zehn Blister mit je zehn Tabletten, die jeweils 20 mg Methylphenidat enthalten. Das Präparat scheint tatsächlich von Novartis zu sein. Cheeseburger war sogar so freundlich, die Packungsbeilage mitzuliefern. Die wandert natürlich sofort in den Müll und die erste Pille in den Mund. Die Wirkung setzt nach einer Stunde ein, aber sie ist minimal. Also zerstoße ich eine Tablette und ziehe das Granulat durch die Nase. Das wirkt. Ich fühle mich nach wenigen Minuten extrem wach und arbeitsfähig.

Es ist nun achtzehn Uhr. Seit vier Stunden sitze ich am Rechner und schreibe: keine Müdigkeit, kein Mangel an Konzentration. Tastatur und Finger bilden eine Einheit. Die Sätze fließen nur so aus mir raus. Der Flow-Effekt. YES. Gegen zehn esse ich eine Pizza von Wagner. Um elf ziehe ich mir noch eine Tablette rein. Um zwölf habe ich ein ganzes Kapitel fertig. Um eins fällt mir ein, dass ich in ein paar Stunden zur Frühschicht muss. Um zwei merke ich, dass ich Unsinn schreibe. Ich lege mich ins Bett. Hellwach. Und stehe irgendwann wieder auf, weil ich nicht schlafen kann. Um vier esse ich eine Pizza und exe ein Binding Export, in der Hoffnung, davon müde zu werden. Dann rufe ich bei der Dienststelle an. Da ist rund um die Uhr jemand da. Ich fasele was von starken Schlafstörungen und komme damit durch. Ich lege mich wieder hin und schlafe tatsächlich ein. Wirre Träume jagen durch mein Hirn, mehrfach wache ich schweißgebadet auf, aber irgendwie fühlt sich das gut an. Um halb neun weckt mich der Wecker. Ich drücke die Snooze-Taste, wie oft, kann ich nicht sagen. Irgendwann richte ich mich auf und fühle mich seltsam ausgeschlafen. Jetzt muss ich mir ein Attest besorgen. Das bekommt man ja immer, auch wenn man gar nichts hat. Beim Hausarzt sitze ich dann im Wartezimmer. Die Aquarelle, die dort hängen, hat seine Frau gemalt, das weiß ich, aber die sind scheußlich langweilig. Ich blättere in der Bunten, nur die Bildunterschriften lesend. Boris Becker ist pleite und Michael Schumacher immer noch nicht gestorben. Endlich werde ich erlöst. Ich erzähle dem einfach, dass ich seit Tagen kaum geschlafen habe, da muss ich also gar nicht richtig lügen. Er verschreibt mir das Schlafmittel Zoldem und stellt mir ein Attest für eine ganze Woche aus. Dass ich parallel zum Psychiater gehe, scheint er gar nicht auf dem Schirm zu haben, und zwar wörtlich.

Zurück zu Hause zerstampfe ich zwei weitere Tabletten, das kickt mich wieder in ein schönes Wachheitslevel. Ich arbeite bis in die Abendstunden wie ein Tier. Dann mache ich eine Pause, esse was, stemme Gewichte, höre Pantera, dusche, und arbeite weiter bis eins. Dann nehme ich zwei Zoldem und schlafe durch bis zehn. Diesen Rhythmus halte ich die ganze Woche meiner Krankschreibung aufrecht. Morgens Ritalin und Red Bull, nachts Zoldem.

Die Schlaftabletten gehen mir zwischendurch leider aus, da mir der Arzt nur eine Zehnerpackung verschrieben hat. Doch bei Tochka finde ich Zopiclon. Das ist sogar etwas potenter. Dummerweise dauert es ein paar Tage, bis das Zeug da ist. Aber ich muss jetzt sowieso wieder auf der Arbeit erscheinen, also reduziere ich den Ritalin-Konsum und bekomme das sogar einigermaßen hin, also den Flughafenkram.

An einem der freien Tage begutachte ich dann, was ich im Arbeitsrausch produziert habe, und stelle fest, dass mich das meiste einigermaßen zufriedenstellt. Als nächstes will ich verschriftlichen, was man den Kontrollsystemen entgegensetzen könnte. Das ist alles noch etwas diffus, also schreibe ich drauf los, um die Sicht zu klären.

Ich stelle mir das jedenfalls ohne Gewalt vor. Das Prinzip der Mittelheiligung ist mir zuwider, zumindest offiziell. Nein, es müsste ein Vorleben von Alternativen sein, von dem dann ein Sogeffekt ausginge. Ein Anfang wäre gemacht, wenn sich eine Gemeinschaft von Gleichgesinnten bildete, die soziale Medien, Smartphones und Online-Einkäufe demonstrativ ablehnt. Natürlich gibt es viele, die das bereits tun, allerdings sind das Einzelpersonen, die sich nur selten als Teil einer Bewegung verstehen.

Totalverzicht halte ich für illusorisch und falsch. Auch ein Snowden ist ein Computerfreak geblieben. Erweiterte Schutzmechanismen können nur mit neuer Kryptoware hergestellt werden. Trotzdem: Wer glaubt, die digitale Gesellschaft werde schon Lösungen finden, die Programme wie PRISM unmöglich machen, ist ein Träumer. Die Katze frisst die Maus am Ende doch!

Das, was ich im Sinn habe, läuft auf Möglichkeiten der Koexistenz hinaus. Dezentrale Nischen müssen her, Gegenentwürfe im Kleinen, Rückzugsorte für diejenigen, die bereit sind, sich zeitweise von den Zwängen ständiger Verfügbarkeit zu lösen.

Ein Grundbewusstsein dafür, dass sich neue Informationstechnologien ungebremst ihren Weg bahnen, ist bei vielen vorhanden, auch in der jüngeren Generation. Allerdings führt das in den meisten Fällen zu bloßen Lippenbekenntnissen, selten zu einer tieferen Auseinandersetzung und fast nie zu Verzicht. Jeder, der WhatsApp einmal angenommen hat, will die Anwendung nicht mehr missen. Das ist so, als werde der moderne Mensch mit einer Technikdroge gefügig gemacht. Ich selbst nehme mich da nicht aus. Sich ihrer zu entziehen, ist mühsam und führt zu Ausgrenzung. Wer in meiner Generation nicht auf Facebook ist, ist quasi tot.

Nun ist das alles nicht neu. Es gibt ja religiöse Radikalverweigerer wie die Amischen oder luddistische Denker, die die Gesellschaft in Mikroherrschaftssysteme aufgespalten sehen wollen. Da wird dann gepredigt, dass im Kleinen gemachte Fehler auch klein blieben. Das setzte allerdings eine Totalumformung voraus, die sich nur herbeiführen ließe, indem man das organisch Gewachsene mit der Axt bearbeitete.

Ich stelle mir das so vor: raus aus den Ballungsgebieten, rein ins Ländliche, mindestens an den Wochenenden. Mobilfunkabdeckung herrscht zwar überall, aber an abgelegene Grundstücke denke ich trotzdem. Es gibt hunderte Gutshöfe, Landwirtschafts- und Forstbetriebe, die in privater Hand sind und sich aufgrund ihrer Lage eigneten. Solche könnten per Crowdfunding erworben oder von Gleichgesinnten bereitgestellt werden. Der Gebrauch von Mobiltelefonie und Online-Anwendungen wäre dort absolut tabu. Das wäre die Grundvoraussetzung. Mehr Autarkie bedeutet nicht bloß Feld- und Gemüsekram. Das würde natürlich auch dazugehören, also dass man Sachen anbaut und vielleicht etwas Kleinvieh hält. Aber genauso wichtig sollte der Gedankenaustausch sein. Eine Bibliothek, ein Computer, auf dem die Wikipedia gespeichert ist, das Vorhandensein aktueller Zeitungen, auch das wären nötige Dinge. Bei allen Aktivitäten gälte es, Intimsphäre, Privatbesitz und individuelle Neigungen zu respektieren. Entscheidungen träfe man basisdemokratisch. Das ginge nicht konfliktfrei ab. Die Erwartungen sollten nicht zu hoch gesteckt werden. Nüchternes Vorgehen wäre gefragt, sonst scheiterte das schon im Ansatz. Dauerhaft blieben natürlich nur Einzelne. Die meisten kehrten nur ein, wenn ihre Verpflichtungen es erlauben. Aber sie nähmen etwas mit. Die gemachten Erfahrungen gäben sie weiter und so bildete sich nach und nach ein Unterstützerkreis, der den Gegenentwurf ins Kernbewusstsein der Gesellschaft tragen könnte, begleitet etwa durch Aktionen, die zivilen Ungehorsam einschließen.

Ich befürchte, dass das naiv klingt, aber die Vorstellung, dass irgendwann eine maßvolle Selbstregulation einkehrt, ist im Grunde genauso naiv. Die größten Zweifel bereitet mir allerdings der Gedanke, dass solche Orte Anlaufpunkte für Esoteriker und Verschwörungstheoretiker werden könnten. Andererseits sollte die Auslese auch nicht zu streng sein. Es wäre vermutlich ein schmaler Grat. Das soll übrigens nicht heißen, dass ich mich da irgendwie selbst einbringen möchte. Ich sehe mich nicht als Organisator. Ich will gedanklicher Anstoßgeber sein und als solcher ernst genommen werden, mehr nicht. Schließlich kann man sich den Kontrollsystemen auch entziehen, indem man sich aus dem tätigen Leben raushält, abgesondert, auf sich selbst gestellt. Das wäre der dritte Weg, der einsame Weg.

2.7

Es ist Anfang Dezember. Ich kann es selbst kaum glauben, aber ich habe das wirklich geschafft: Der Text sowie ein dazugehöriges Exposé sind fertig geschrieben und durchkorrigiert. Ich bin stolz auf mich und gleichzeitig sehr erschöpft. Die wochenlange Manipulation meines Körpers hat Spuren hinterlassen. Ich muss dringend runterkommen – und zwar ohne Schlafmittel. Deswegen gehe ich jetzt abends ins Schwimmbad: erst widerwillig ein paar Bahnen ziehen und danach in der Sauna abhängen. So erzwinge ich eine natürliche Müdigkeit und komme gedanklich etwas zur Ruhe. Die meisten Saunagäste sind natürlich unansehnlich. Wenn doch mal ein hübsches Weib ins Tauchbecken gleitet, schaue ich unauffällig hin. Ich kann gar nicht anders. Gleichzeitig spanne ich die Oberarme leicht an, die von der Arbeit sogar etwas trainiert sind. Einen Bauch habe ich trotzdem. Aber hier fühlt man sich schon mit Durchschnittskörper attraktiv. Hässlichkeit und Schönheit bedingen sich nun mal wechselseitig. Ähnlich verhält es sich mit Leid und der Gewahrwerdung alltäglicher Wonnen. Dieser einfache Gedanke gefällt mir seit jeher, er begleitet mich heute in einen traumlosen Schlaf.

Michael ist der einzige, der den Text bisher gelesen hat. Er findet das einigermaßen zutreffend, was ich über Status Quo und Perspektiven schreibe, aber mit dem, was ich über mögliche Alternativwege schreibe, könne er nicht viel anfangen. Das habe ich mir natürlich schon gedacht, und deswegen kümmert mich das auch nicht so sehr. Michael ist eben jemand, der hinsichtlich dieser Sachen hoffnungslos verdorben ist. Er sehnt sich in keiner Weise nach sowas wie Ursprünglichkeit, sondern lechzt nach dem nächsten Ballerspiel, in das er eintauchen kann.

Vor einigen Jahren, noch während des Studiums, habe ich versucht, eine lose Sammlung von Kurzgeschichten bei einem Verlag unterzubringen. Da hat sich natürlich niemand für interessiert, weil sowas verkauft sich nicht, selbst wenn es gut ist. Da muss man schon einen Namen haben. Von bekannten Leuten drucken die jeden Furz.

Etwa von Houellebecq. Da gibt es diese Erzählung, die auf Lanzarote spielt. Das sind vielleicht dreißig Normseiten Text. Also hat man noch so ultralangweilige Landschaftsfotos des Autors beigefügt, nur damit das Ganze umfangreicher wirkt. Aber ich wette, das war trotzdem ein Bestseller. Ich hingegen bin namenlos, ein Niemand, dem sich kein Lektor einfach so annehmen wird.
Mein Wunschverlag hat mir dann auch umgehend abgesagt. Die haben die Schrift von Ted Kaczynski in deutscher Übersetzung veröffentlicht, allerdings eingebettet in einen größeren Kontext. Wie auch immer. Ich gehe davon aus, dass mein Exposé überhaupt nicht richtig gelesen wurde. Zwei Tage nach dem Versand der Email wurde ich bereits mit einem Textbaustein abgespeist: *Der Spielraum für politische Literatur ist bei uns begrenzt und auch auf lange Zeit verplant. Mit der Bitte um Ihr Verständnis ... bla bla bla.* Deswegen habe ich über Alternativen nachgedacht – und in der letzten Nacht kam sie mir dann: diese Idee.

Jetzt sitze ich im ICE, trinke Bier und schaue aus dem Fenster. Die hügelige Landschaft Osthessens zieht vorbei, erdfarben und doch irgendwie schön. Ich bin auf dem Weg nach Rügen. Da war ich schon mal, allerdings war das im Sommer. Mein Ziel ist Lohme, ein Dorf an der Ostsee. Es liegt in der Nähe der Kreidefelsen und hat laut Wikipedia einen kleinen Jachthafen. Sandstrände gibt es in dem Teil der Insel nicht, was natürlich weniger Tourismus bedeutet. Im Winter ist da vermutlich gar nichts los. Na ja, das werde ich dann ja sehen. Die Zugfahrt wird fast neun Stunden dauern und dann muss ich auch noch Bus fahren. Ich nehme den letzten Schluck Bier, schiebe mir die Kopfhörer rein und gelange zur Stimme von Nick Cave ziemlich schnell in einen komatösen Zustand. Als mich die Schaffnerin weckt, um den Fahrschein zu prüfen, sind wir schon kurz vor Kassel. Das ist die Stadt, in der ich die ersten zwanzig Jahre meines Lebens verbracht habe. Meine Mutter lebt dort und die meiste Verwandtschaft auch. Ich bin ein Einzelkind. Vor circa zwei Jahren haben sich meine Eltern getrennt. Seither lebt mein Vater in Göttingen. Das liegt auch auf dem Streckenverlauf.

Ich denke daran, dass ich in Kassel-Wilhelmshöhe bald wieder aussteigen werde, also an Weihnachten. Hanne holt mich dann immer vom Bahnhof ab und will ganz viel von mir wissen, und meistens freut mich das dann auch. Heute bleibe ich einfach sitzen, was irgendwie komisch ist.

Beim Halt in Göttingen erinnere ich mich an Heines Harzreise. Die beginnt ja mit einer hübschen Parodie auf die Stadt und ihre Bewohner. Zitieren kann ich da jetzt nichts, aber mein Vater könnte es. Er ist Privatdozent an der hiesigen Uni. Zum Professor hat er es also nie gebracht. Wie auch immer. Irgendwann hat ihm jedenfalls eine Postgraduierte den Kopf verdreht. Mein Gott, das kann ja passieren. Aber dann hat er das Hanne gebeichtet, und die war so blöd, ihn deswegen zu verlassen. Das hätte man doch irgendwie retten können. Jetzt lebt er echt zusammen mit seiner Theresa. Die ist nur sieben, acht Jahre älter als ich und hält sich für extrem intelligent. Aber mal ehrlich, wer extrem intelligent ist, der promoviert doch nicht mit Anfang vierzig in Kunstgeschichte. Mein Vater, der immerhin ein richtiger Historiker ist, fährt mit ihr zu jeder verfickten Kunstausstellung, und im Sommer fliegen sie nach Italien und schauen sich altes Gemäuer an und schreiben mir Postkarten, die randvoll mit Kulturempfehlungen sind, aber nichts enthalten, was man als „persönlich" bezeichnen könnte.

Jetzt kann ich überhaupt nicht mehr schlafen. Ich trinke noch ein Veltins. Das ist mein Lieblingsbier. Mit „Craft Beer" kann ich nichts anfangen. Ich bevorzuge stinknormales Pils.

In Hildesheim kommt ein Ehepaar in mein Abteil. Die fragen tatsächlich, ob hier noch Platz sei, dabei bin ich der einzige, der da sitzt. Mir wird ziemlich schnell klar, dass mit denen etwas nicht in Ordnung ist. Der Mann blättert demonstrativ in der Bibel, die Frau wirft mir freundliche Blicke zu.

Dann fragt sie mich, wo die Reise denn hingehe.

Rügen, sage ich.

Das findet sie ganz ausgezeichnet, da könne man ja schön ausspannen, gerade zu dieser Jahreszeit.

Ich lasse sie natürlich im Glauben, ich sei Urlauber.

Sie erzählt ungefragt, dass sie auf dem Weg nach Berlin seien, auf eine Bibeltagung.

Ich bin mir nun absolut sicher, dass das Zeugen Jehovas sind. Sie will dann auch erst über Jesus sprechen und dann über das Jenseits. Ihr Mann blickt auf und schielt über seine Lesebrille hinweg. Dieses Gespräch haben die beiden schon tausendmal geführt, und sie tun es immer wieder. Da ich nichts Besseres zu tun habe, lasse ich mich darauf ein und denke mir was Heimtückisches aus. Man kann solche Leute nur auf eine Art zum Nachdenken bringen: reductio ad absurdum. Also nehme ich die Prämisse, dass es ein himmlisches Paradies gebe, einfach an.

Wie schön dieser Gedanke sei, bekenne ich. Doch wie wäre das eigentlich, frage ich nach einer kurzen Pause, könne ich mir denn da das Bein brechen?

Die beiden schauen sich fragend an, sind sich aber schnell einig, dass das nicht möglich sei.

Ich lege also die Stirn in Falten und behaupte, dass ich nichts lieber tun würde, als halsbrecherisch Ski zu fahren, und dass der unfassbar geile Adrenalinkick ohne Risikowahrnehmung doch gar nicht zustande käme.

Die beiden merken natürlich, dass ich sie dran bekommen habe, aber das würden die nie zugeben. Stattdessen wird mir eines dieser lächerlichen Prospekte gereicht. Ich nehme das artig an, immerhin muss ich denen noch zwei Stunden gegenübersitzen. Aber da mein Biervorrat aufgebraucht ist, gehe ich erst mal in den Speisewagen und trinke dort weiter. Auf dem Rückweg suche ich die Bordtoilette auf und gleiche mein Nikotindefizit aus. Zwar hält sich das Gerücht, dass da ein Rauchmelder installiert sein kann, aber ich habe das schon oft gemacht und es ist nie was passiert. Sicherheitshalber blase ich den Dampf aber nach unten in die Kloschüssel.

Zurück im Abteil drücke ich mir demonstrativ die Kopfhörer ins Ohr. Und tatsächlich dämmere ich bis kurz vor Berlin unbelästigt vor mich hin. Da muss ich dann umsteigen, also am Hauptbahnhof. Bei Gosch verlange ich nach Jever und Matjesbrötchen, aber die haben nur Beck's. Na ja, Hauptsache der Fisch ist frisch. Jetzt lese ich, dass der Regional-Express nach Rostock Verspätung hat. Mit etwas Pech verpasse ich dort also den Anschlusszug. Aber den bekomme ich dann doch, und um kurz vor vier halten wir in Stralsund. Von dort geht es über den Rügendamm weiter nach Sassnitz. Die Strecke bin ich schon gefahren. 2012 war das, glaube ich. Damals war ich noch mitten im Studium und brauchte nach diversen Prüfungen etwas Ruhe, die ich dann aber gar nicht gefunden habe, weil mich schon die kleinsten Reize gestört haben.

Der Zug rattert über die Insel. Eine dünne Schneeschicht überzieht die Landschaft, die gerade im letzten Licht des Tages liegt. Ich muss irgendwie saumäßig pissen, weil ich so viel Bier getrunken habe, aber das einzige WC an Bord ist außer Betrieb. Am Bahnhof Sassnitz gehe ich erst mal in die Büsche. Der Bus nach Lohme steht schon da. Aber der Fahrer steht noch draußen und raucht. Das mache ich dann auch. Ich frage ihn, ob er mir eine Unterkunft empfehlen könne, also in Lohme. Er drückt mir eine Visitenkarte in die Hand. Das hilft mir echt weiter. Ich habe mich nämlich um nichts gekümmert.

Der Bus ist fast leer. Da sitzen bloß zwei arabisch aussehende Männer und eine verschleierte Frau. Die haben die Flüchtlinge selbst in die tiefste Provinz gebracht. Das finde ich fair, obwohl ich mir nicht vorstellen kann, dass die hier bleiben wollen. Wir fahren durch die Finsternis und halten nur einmal in einem Kaff namens Hagen. In Lohme stehe ich dann orientierungslos da. Das olle Handy kann ja kein Google Maps. Jetzt muss ich erst mal überlegen, wie ich dieses Gästehaus finden könnte. Ich entferne mich von der Haltestelle und stürze fast, wegen dem scheiß Glatteis. Ohne Straßenbeleuchtung würde man glatt denken, der Ort sei ausgestorben. Hinter der nächsten Kurve ist dann eine Kneipe. „Falko's Bierstube". Da frage ich einfach. Hier kennt ja vermutlich jeder jeden. Ich muss tatsächlich nur einmal ums Eck laufen. Aber da das kein Hotel ist, gibt es auch keinen Empfang. Stattdessen werde ich dazu genötigt, auf einem Mobiltelefon anzurufen. Ein Mann sagt, dass er komme, und das klappt auch, drei Minuten später ist er da: ein älterer Herr mit

Pudelmütze, der fragend dreinschaut, weil er heute natürlich niemanden mehr erwartet hat.

Er müsse jetzt erst das Zimmer vorbereiten, sagt er, nachdem ich ihn über die Dauer meines Aufenthalts informiert habe, ich solle doch in einer halben Stunde wiederkommen.

Ich überlege, in die Kneipe zu gehen. Aber das lasse ich dann. Stattdessen steige ich vorsichtig die vereisten Stufen zum Hafen hinab. Jetzt im Winter sind nur wenige Boote im Wasser. Die müssen ja Treibeis abkönnen, also aus Metall sind die dann wohl.

Es hat angefangen zu schneien. Ich gehe bis zum Ende der Hafenbefestigung und blicke in das trübe Dunkel aus Wogen und Stratuswolken. In der Ferne wabert alle paar Sekunden das Leuchtfeuer vom Kap Arkona durch die Nacht. Es herrscht Windstille, hörbar ist nur das regelmäßige Auf und Ab der Dünung. Die Schneeflocken taumeln fast unverwirbelt herab. Ich mag den Winter und fallender Schnee entzückt mich immer wieder. Selbstversunken stehe ich da, regungslos, minutenlang. Ich spüre wie sich die Kälte im Körper ausbreitet und mich seltsam leicht werden lässt. Irgendwann sagt mir mein Zeitgefühl, dass ich zurück muss.

Der Hauswirt wartet schon auf mich. Da fällt mir dann eine wichtige Frage ein, die ich eigentlich schon viel eher hätte stellen sollen. Doch er lacht bloß, als ich mich nach Werner Groß erkundige. Diese Frage habe er schon häufiger gehört, dabei wohne der ja nicht wirklich in Lohme. Jetzt bin ich verunsichert, schließlich bin ich nur deswegen hergekommen. Dann merkt er wohl, dass mir das wichtig ist.

Aber bevor er damit rausrückt, will er wissen, was ich von dem wolle, es sei ja bekannt, dass Groß sehr zurückgezogen lebe.

Ich habe da schon eine Antwort parat und behaupte, dass ich ein Student seiner Frau gewesen sei, die ja in Greifswald lehre. Ich wolle ihr bloß etwas hinterlegen und der eigentliche Grund meines Aufenthalts sei tatsächlich der, ein wenig auszuspannen.

Also gut, sagt er, und schreitet zu einer Karte, die da angebracht ist. Er zeigt auf die Landstraße und sagt, dass auf dem Weg nach

Nipmerow ein Feldweg abgehe, kurz hinter irgendeinem Grabhügel, dieser führe zum Ansitz.

Er sagt tatsächlich „Ansitz". Das muss also was Größeres sein. Ich bin erleichtert und lasse mir den Schlüssel geben.

Dann fragt er noch, ob ich Kaffee oder Tee bevorzuge.

Tee, sage ich, schwarzer Tee bitte.

2.8

Das Zimmer gefällt mir. Es ist klein und schmucklos. Einzig die bleiche Kopie eines Landschaftsgemäldes hängt einsam über dem Nachttisch. Das Bild zeigt einen Findling auf felsigem Strand. Signiert ist es mit *H. Basedow*. Das sagt mir gar nichts. Immerhin haben die hier nichts von Caspar David Friedrich aufgehängt. Nicht, dass ich den nicht schätze, aber dann hätten die bestimmt das mit der Szene am Abgrund der Kreidefelsen genommen. Das kennt ja wirklich jeder. Was mir daran nicht gefällt, sind die Menschen in ihrer antiquierten Kleidung. Ich mag zeitlose Motive. Wie auch immer. Ich spüre, dass ich schlafen muss. Erst als ich schon länger liege, fällt mir ein, dass ich das Medikament vergessen habe, also dass ich mal wieder vergessen habe, das zu nehmen. Der andere Fall wäre schließlich ziemlich übel. Mir ist schon häufiger aufgefallen, dass in ungewohnter Umgebung die Routine aufbricht. Das hat Vor- und Nachteile.

Am nächsten Morgen sitze ich allein im Gästesaal. Die Eier sind so, wie ich sie am liebsten esse: das Eigelb cremig, aber nicht flüssig. Ich nippe am Tee und verbrenne mir die Zunge. Das ist Earl Grey, den mag ich nicht, weil ich Bergamotte nicht mag. Vielleicht hätte ich sagen sollen, dass ich Darjeeling oder Assam bevorzuge. Das versaut mir jetzt echt das Frühstück. Ich versuche, mich gedanklich auf den „Besuch" zu konzentrieren. Aber da ist vieles unbestimmt. Das verunsichert mich. Mit etwas Pech wird das ein Desaster.

Ich werde aus den Gedanken gerissen, als eine junge, dunkelblonde Frau den Saal betritt. Sie blickt kurz rüber und grüßt, setzt sich dann aber zum Glück an einen Tisch, der weit genug weg ist. Ich schätze sie auf Ende zwanzig. Sie hat eine natürliche Schlichtheit, die mir gefällt. Aber ich darf an sowas jetzt nicht denken, ich muss mich zusammenreißen.

Zurück im Zimmer bereite ich mich ein letztes Mal vor. Der Anblick des Typoskripts energetisiert mich.

In feindlicher Koexistenz

Streitschrift wider das panoptische Prinzip

von Andreas Aland

Mir gefällt das Pseudonym. Ich wollte sowas schon immer tun, da mein Familienname sehr gewöhnlich ist. Außerdem ist es eine Schutzmaßnahme. Die Eheleute Groß-Vogel sollten besser keine Kenntnis meines Klarnamens haben.

Bevor ich das Haus verlasse, fotografiere ich mit meiner uralten Casio Exilim die ausgehängte Karte ab. Ich liebe diese Kamera: handlich, robust und ohne Schnickschnack.

Draußen regnet es. Es ist wärmer geworden über Nacht. Ich ziehe die Kapuze über. Zum Glück ist meine Jacke einigermaßen wetterfest. Im Ort ist kein Mensch zu sehen. Ich schlage den Weg ins Inselinnere ein. Die letzte Straße, die in Lohme abgeht, heißt *Am Teufelsberg*. Das finde ich irgendwie bemerkenswert, also dass die Leute den Teufel damals direkt vor ihrer Haustür vermutet haben.

Es geht konstant bergauf, vorbei an erdiger Feldlandschaft, die hier und da noch mit Schneeresten bedeckt ist. Kahle Eichen, die ihre schwarzen Arme gen Himmel recken, säumen die Landstraße, und rückseitig wabert ein dunkles Meer. Das mag romantisch klingen, aber im Grunde ist es bloß ein nasskalter Tag im Dezember.

Nach zwanzig Minuten verweist ein Schild auf das Ganggrab von Nipmerow. Da haben die in der Steinzeit ihre Toten bestattet, also die, die irgendwie wichtig waren. Mich interessiert das nicht sonderlich und deswegen schaue ich mir das auch nicht an. Tatsächlich geht gleich dahinter ein befahrbarer Weg ab. Den marschiere ich nun lang. Werner Groß lebt wirklich am Arsch der Insel. Es geht durch einen entlaubten Buchenwald, in dem es so still ist, dass man sein eigenes Atmen hört. Ich fühle mich ein bisschen so wie einer dieser Hobbits auf dem Weg zu Gandalf. Am Rand des Waldes steht es dann: ein großes Bauernhaus, das zum ländlichen Palast aufpoliert wurde. Das Grundstück wird von einem mannshohen Staketenzaun eingerahmt. Aber das Tor zur Einfahrt ist nicht verschlossen. Da muss ich also nicht mal klettern. Ein stahlblauer SUV parkt vor Ziegelstein-Fachwerk. Das werte ich als Hinweis darauf, dass jemand anwesend ist. Die Bezeichnung „Ansitz" ist übrigens legitim. Es gibt da noch zwei hübsch restaurierte Nebengebäude, eins davon aus Holz, und eine große Bronzeskulptur: ein Mischwesen aus Schwein und Mensch, wirklich sehr hässlich und überhaupt nicht zum Rest passend.

Jetzt wird es ernst. Ich beiße mir auf die Lippe und nähere mich der Eingangstür. Da gibt es nicht mal eine Klingel, sondern nur einen dieser schweren Klopfer aus Metall. Ich klopfe zweimal und warte. Nichts regt sich. Aber ich höre, dass da irgendwo ein Fernseher läuft. Also gehe ich drei Schritte ums Haus und linse durchs Fenster. Da sitzt Werner Groß auf der Couch und schaut irgendeine Kochsendung, und zwar in voller Lautstärke. Das finde ich irgendwie amüsant. Aber warum sollte ein Schriftsteller auch ständig irgendwas lesen. Der ist ja auch nur ein Mensch. Ich klopfe also an die Scheibe, aber das hört der wieder nicht. Wahrscheinlich ist er schwerhörig. Also klopfe ich fester. Jetzt dreht er sich um. Ich versuche zu lächeln, das hilft vielleicht. Er schaltet den Fernseher aus und gibt mir ein Zeichen, das ich so deute, dass er zur Tür komme.

Keine Sorge, ich sei nicht von den Zeugen Jehovas, sage ich, als er dann vor mir steht.

Da habe er ja nochmal Glück gehabt, entgegnet er und bittet mich herein, nachdem ich ihm zweimal versichert habe, dass ich nicht von der Presse sei.

Ich lege die nasse Jacke ab und ziehe natürlich auch die Schuhe aus und dann setzen wir uns in die Küche, die bestens ausgestattet ist, aber gleichzeitig rustikalen Charme ausstrahlt. Er bietet mir was zu trinken an, er hat tatsächlich Karamalz da. Das trinke ich gerne.

Dann fragt er, was mich zu ihm führe, und er fügt gleich hinterher, dass ich laut sprechen solle, da er sein Hörgerät nicht trage.

Das hemmt mich etwas, da ich ungern so laut spreche, aber da muss ich jetzt durch. Ich sage, dass ich etwas geschrieben habe, etwas, wovon ich glaube, dass es relevant sei.

Was er da tun könne, fragt er, schon ahnend, worauf das hinausläuft.

Na ja, sage ich, ich suche einen Verlag, vielleicht könne er den Text ja mal anlesen und bei positivem Urteil weiterempfehlen.

Sowas mache er eigentlich nicht, sagt er, aber ich solle doch mal zeigen, was ich da habe, wenn ich schon hier sei.

Ich schiebe ihm den Ausdruck rüber. Er hat eine Lesebrille um den Hals hängen, die setzt er sich auf die gerötete Nase, obwohl der Titel eigentlich groß gedruckt ist. Dann liest er laut vor, blickt beim Wort „Streitschrift" zu mir auf und fragt unvermittelt, ob ich Däne sei.

Er meine wohl Schwede, sage ich, und ich füge hinterher, dass ich auch kein Schwede sei, der Name Aland indes auch im hiesigen Sprachraum vorkomme, wenn auch sehr selten.

Das scheint ihn aber gar nicht zu interessieren. Er fragt, ob es mich stören würde, wenn er rauche, und ist schon dabei, seine Pfeife mit einem Streichholz anzustecken.

Ich gestehe, dass ich E-Zigarette rauche, und ziehe das Gerät aus der Tasche. Das findet er amüsant und er besteht auf eine Demonstration. Und so pafft er eine süße Rauchschwade in meine Richtung und ich blase Mentholdampf in die seine.

Gut, dass seine Frau nicht da sei, sagt er, die möge nicht, wenn er außerhalb des Schreibzimmers rauche.

Ich denke, dass es bisher ganz gut läuft. Zwei Männer unter sich und so.

Dann überfliegt er das Inhaltsverzeichnis, dabei unverständlich brummend. Als er durch ist, schaut er mich über die Brille hinweg an.

Da habe ich mir aber viel vorgenommen, sagt er, der kritische Anspruch gefalle ihm. Er müsse aber gestehen, dass er wenig Ahnung vom „Digitalen" und insbesondere Computern habe, ja er besitze nicht mal einen, er schreibe nämlich immer noch mit einer mechanischen Schreibmaschine.

Die will er mir dann auch gleich zeigen. Dazu gehen wir in sein Büro. Die Wände sind natürlich von Bücherregalen gesäumt. Auf einem hölzernen Tisch steht ein Aschenbecher, der randvoll ist mit verbrauchten Streichhölzern, daneben diese graue Schreibmaschine. Eine Lettera 22 von Olivetti sei das, sagt er. Er habe sich vor vielen Jahren gleich drei Stück davon gekauft, weil das Modell natürlich nicht mehr produziert werde.

Das Problem sei mir bekannt, sage ich. Ich erwähne mein Samsung der Prä-UMTS-Ära.

Er wisse gar nicht, dass Samsung auch Schreibmaschinen herstelle, sagt er.

Das sei ein Handy, entgegne ich.

Ach so, nein, sowas habe er natürlich nicht, auch wenn seine Frau sich daran unheimlich störe.

Um ihm zu schmeicheln, sage ich, dass Samsung tatsächlich Schreibmaschinen hergestellt habe, allerdings elektronische. Das weiß ich aus irgendeinem Roman von Murakami.

Von elektronischen Schreibmaschinen hält er natürlich auch nichts. Ich nicke nur und erzähle, dass ich als Kind gerne auf dem Gerät meiner Eltern getippt habe, aber immer mehrere Tasten gleichzeitig drücken wollte, weil ich das lustig fand, wenn die Hebel sich verhakten.

Er lacht und muss sofort danach husten. Wir gehen wieder zurück in die Küche. Ich trinke Karamalz, er raucht.

Er sagt, dass er sich gleich um seinen Hund kümmern müsse, ich könne gerne mitkommen.

Wir kleiden uns an und gehen hinters Haus. Da steht eine 20-Quadratmeter-Hütte, die offenbar nur für den Hund ist.

Die sei auch beheizt, versichert er, und das Tier könne jederzeit raus.

Der Hund bellt, als wir in die Nähe kommen. Groß öffnet die Schwingtür. Ein Golden Retriever springt an ihm hoch.

Das sei Lara, sagt er.

Zum Glück mag ich Hunde. Ich gebe dem Tier ein paar Streicheleinheiten und Groß füllt einen Fressnapf mit Trockenfutter.

Während der Hund frisst, fragt er mich, ob ich denn morgen auch noch in der Gegend sei.

Ich bejahe und erkläre, dass ich den Ausdruck gerne dalasse, er liege noch auf dem Küchentisch. Das hat er nicht verstanden, ich muss es etwas lauter wiederholen.

Nein, so meine er das nicht, er wolle mich eigentlich nur auf einen Spaziergang einladen. Seine Frau komme erst übermorgen zurück, da sei ihm etwas Abwechslung willkommen.

Gerne, sage ich, aber ich müsse darauf bestehen, dass er den Text einmal querlese.

Er möge meine Hingabe, entgegnet er, er sei als junger Mann ähnlich drauf gewesen, daher werde er sich etwas Zeit dafür nehmen, verspricht er.

Ich danke ihm dafür und für die Gastfreundschaft auch, und ich muss mich dabei wirklich nicht verstellen. Wir verabreden uns für elf Uhr. Er will mich dann auch noch zurück nach Lohme fahren, aber ich lehne ab, die frische Luft tue mir gut und so weiter. Ich drücke ihm also die Hand und verlasse das Grundstück, legitim und ohne Hast.

Der stille Wald wirkt beruhigend. Ich fühle mich extrem gut, weil ich den ersten Schritt hinter mir habe und das viel besser lief als erwartet. Mut und Dreistigkeit, das sind die Grundzutaten sozialer Manipulation.

Auf dem Rückweg schaue ich mir diesen Grabhügel dann doch an. Es gibt nicht viel zu sehen. Ein paar große Steine, die irgendwie übereinander liegen. Super langweilig. Zurück auf der Landstraße fängt es wieder an zu regnen, aber echt stark, dazu Seewind, der mir eiskalte Tropfen ins Gesicht peitscht und die Brillengläser benetzt, so dass ich die ständig abwischen muss. Ich gehe noch ein Stück, aber dann sehe ich, dass sich da links von mir ein altes Haus hinter den entlaubten Bäumen versteckt. Es scheint schon lange unbewohnt zu sein. Ich steige durchs Unterholz, stelle mich unters Vordach und dampfe gemütlich. Was mich stört, ist der Müll, der hier überall rumliegt. Matratzen, Kanister, Bierdosen. Rechts von mir hängt ein uralter Stromkasten an der Wand. Da liegt eine Banane drauf. Die sieht noch ganz frisch aus. Seltsam. Dann höre ich ein Klingen, als schlage jemand Metall auf Metall. Das kommt aus dem Haus! Ich drehe mich also um und starre auf diese Holztür. An sich eine gewöhnliche alte Tür, nur ist da ein schwarz behaartes Bein über einem Querbalken angebracht, eines von einer Ziege oder so. Und dann erinnere ich mich. Ich befinde mich ja gerade am „Teufelsberg", dies ist also definitiv das Bein eines Ziegenbocks! Das finde ich äußerst interessant und genauso beunruhigend. Da gehe ich lieber, sage ich mir. Ich greife nach der Banane und stürze zurück auf die Straße. Binnen Minuten sind meine Stiefel völlig durchnässt, obwohl die mir als „wasserfest" verkauft wurden. Aber das ist jetzt auch egal. Denn wer weiß schon, wer da auf mich gewartet hätte? Und sei es nur ein debiler Obdachloser, der ungestört bleiben möchte.

2.9

In der Pension entledige ich mich der nassen Kleidung, drehe die Heizung auf und behänge sie mit Hose und Hemd. Dann dusche ich heiß und lege mich ins Bett. Erst am frühen Abend stehe ich wieder auf. Ich bin hungrig, also esse ich die Banane, die wirklich noch schön bissfest ist. Als Abendessen reicht das natürlich nicht. Mir bleibt nichts anderes übrig, als raus ins Dorf zu gehen. Die Stiefel sind noch feucht und riechen leicht faulig, aber da muss ich jetzt durch.

Es hat aufgehört zu regnen. Ich steuere ein Restaurant an, das mit Seeblick wirbt. Die Speisekarte im Schaukasten macht mir zwar Appetit, aber das ist viel zu teuer. Fisch gibt es ab 16 Euro aufwärts. Da gehe ich doch lieber in diese Falko-Bierstube, da gibt es vielleicht auch was.

Die haben dort tatsächlich Fischbrötchen. Der Laden ist fast leer. Hinter dem Tresen steht heute ein fülliger Kerl mit Halbglatze und Trinkernase. Das ist bestimmt der Falko. Drei ältere Herren sitzen im Hinterraum bei Kartenspiel und Schnapsverzehr. Im vorderen Bereich ist „Rauchen untersagt", wegen des Essens. Das Matjesbrötchen schmeckt schon ein bisschen alt. Ich spüle es mir Bier runter. „Störtebeker" steht auf dem Glas. Das ist dieser Seeräuber, also den kennt ja wirklich jeder. Ich esse widerwillig noch ein Brötchen und trinke das zweite Bier, das überraschend gut schmeckt. Im Hintergrund läuft Hit-Radio Mecklenburg-Vorpommern. Die spielen da natürlich dasselbe wie in jedem Hit-Radio. Ich versuche, nicht darauf zu achten. Wenn die wenigstens Falco spielen würden.

Gerade als ich zum Zahlen aufstehen will, öffnet sich die Tür und herein tritt die junge Frau aus der Pension, also die vom Frühstück. Sie lässt sich ein Fischbrötchen geben und setzt sich an einen Tisch am Fenster. Jetzt bleibe ich noch, sage ich mir, und ordere ein drittes Bier. Während sie isst, nestelt sie an ihrem iPad rum. Sie ist echt attraktiv, nicht im klassischen Sinn, aber so wie ich das mag: blass, etwas hager, schlicht gekleidet. Ich frage mich, was die hier macht. Wie eine Touristin sieht sie nicht aus. Das ist natürlich albern, denn woran sollte man das schon erkennen? Um es rauszufinden, muss ich wohl allen Mut zusammennehmen. Ich warte bis sie aufgegessen hat. Jetzt nippt sie an ihrem Getränk, Fanta oder so. Ich nehme mein Bier und setze mich etwas ungeschickt an ihren Tisch. Sie lächelt verkrampft.

Ich frage, ob ich störe.

Sie verneint und gibt mir zu erkennen, dass sie sich an mich erinnere.

Es entsteht eine unangenehme Pause, weil ich mich irgendwie am Bier verschlucke. Als ich mich wieder gefangen habe, frage ich, was sie zu dieser Jahreszeit hier mache.

Sie erzählt, dass sie Biologin sei und eine ornithologische Dissertation über irgendwelche Wasservögel in ihrem Winterhabitat schreibe.

Interessant, sage ich, obwohl ich das eher mittelinteressant finde, da verbringe sie ja viel Zeit draußen, also bei Wind und Wetter.

Sie nickt. Ihr gefalle das eigentlich, aber heute sei sie ziemlich nass geworden.

Da hätten wir was gemeinsam, erwidere ich, und ich klage über meine Schuhe, die ja eigentlich wasserfest sein sollten.

„Wasserdicht", erklärt sie, das sei die Bezeichnung, auf die es ankomme. Dann fragt sie natürlich, was ich hier mache.

Ich versuche einen Witz zu machen, indem ich sage, dass mich auch ein Vogel hergelockt habe, einer, der tatsächlich keine Eier lege, und ich erwähne Dr. Evelin Vogel, die gleichzeitig die Frau von Werner Groß, dem Schriftsteller, sei.

Sie entgegnet, dass sie auch schon gehört habe, dass der hier irgendwo wohne. Sie sei ihm aber bisher nicht begegnet, obwohl sie schon einen guten Monat hier sei.

Ich sage, das sei kein Wunder, denn er wohne nicht in Lohme, sondern einige Kilometer entfernt im letzten Winkel der Insel. Ich ergänze natürlich, dass ich heute bei ihm war. Das zieht. Sie will wissen, wie der privat so sei, ob er tatsächlich so viel trinke und so weiter. Ich erzähle brav, wie das war, dass Groß zwar ununterbrochen Pfeife rauche, aber dass er keinen Alkohol angeboten habe, dafür

Karamalz, was lustig sei, weil sein früherer Hund Kara geheißen habe, während sein jetziger Lara heiße.

Da lacht sie, sie heiße nämlich auch Lara, und schiebt hinterher, dass das ein Witz sei, sie heiße ja Sara. Jetzt lachen wir beide. Kerstin, sagt sie und streckt ihre Hand aus.

Andreas, sage ich. Ihre Hand ist kalt und sehnig.

Was ich denn von Groß gewollt habe, fragt sie.

Da muss ich natürlich kurz überlegen, wie viel ich preisgeben will. Ich behaupte schließlich, dass ich einen Verlag suche und seine Frau, die inzwischen in Greifswald lehre, noch von der Uni kenne. Groß habe natürlich gute Kontakte und er wolle sich meine Arbeit, eine Erzählung, tatsächlich ansehen.

Zum Glück hakt sie nicht nach, sondern greift Greifswald auf. Da lebe sie nämlich, seit sie vor fünf Jahren ihr Studium begonnen habe, eigentlich komme sie aus Nörten-Hardenberg, das sei nördlich von Göttingen.

Es folgt das übliche Spiel. Ah, Göttingen, fein, dann sei sie bestimmt schon in Kassel gewesen, und natürlich wisse ich etwas über Nörten-Hardenberg, immerhin habe die Stadt ja ihr eigenes Bier.

Sie lacht und erklärt, dass die Marke schon vor Ewigkeiten übernommen worden sei, und zwar ausgerechnet von einer Kasseler Brauerei.

Martini, sage ich, das könne nur die Martini-Brauerei sein.

Nachdem wir die Kasseläner-Definition geklärt haben, debattieren wir darüber, welches Bier schlechter schmecke: Nörten-Hardenberger, Paderborner oder Oettinger. Mittlerweile hat sie auch ein Pils vor sich, und ich bin schon beim vierten.

Der Abend nimmt einen angenehmen Lauf. Wir verstehen uns hervorragend und diskutieren ziemlich abstrakte Sachen. Sie ist der Meinung, dass völlig unklar sei, wie so etwas wie bewusstes Erleben aus der Evolution hervorgegangen sei.

Qualia, spezifiziere ich. Ja, das sei in der Tat eine gute Frage, und ich füge hinzu, dass diese der Wissenschaft prinzipiell unzugänglich sei.

Dafür ernte ich dankbare Blicke, ein Kollege behaupte nämlich, das sei ein Scheinproblem, und über ihren Glauben amüsiere er sich auch, obwohl sie da sehr offen sei und keineswegs an wörtlichen Auslegungen festhalte, im Gegenteil.

Da bin ich doch mal ganz nett zu ihr und zerpflücke ihr Weltbild überhaupt nicht, sondern sage sowas wie, Glaube ende da, wo das Wissen aufhört, denn ich will ja mit ihr schlafen.

Zum Abschluss trinken wir dann noch einen furchtbar schmeckenden Sanddornschnaps. Als wir den Laden gegen elf verlassen, ist sie angetrunken und auch ich verspüre einen mittleren Rausch.

Während ich rauche, fällt mir das Erlebnis am Teufelsberg wieder ein, das erzähle ich natürlich sofort, und sie glaubt das erst mal nicht, aber dann doch, und sie findet es ziemlich „gruselig".

Ich schlage vor, nochmal ans Meer zu gehen und das machen wir dann auch. Es hat aufgeklart, die See hat sich etwas beruhigt, in der Ferne sieht man die Lichter der Schiffe auf ihrer nächtlichen Fahrt. Wir setzen uns auf eine Bank direkt an der Hafenkante, die ist noch etwas klamm, aber das ist uns egal. Vor uns liegt die dunkel wogende Wasserfläche, über uns leuchten die Sterne, hundertmal intensiver als in der Stadt.

Ich bemerke, dass die Geschichte von den vielen erloschenen Sternen eine Mär sei, da fast alle mit dem Auge sichtbaren Objekte innerhalb der Milchstraße lägen, die ja so groß gar nicht sei und hauptsächlich Sterntypen enthielte, die Jahrmilliarden alt werden.

Irgendwie findet sie das trotzdem romantisch und sie will dann auch gleich eine Sternschnuppe gesehen haben. Ich lege meinen Arm um sie und sie scheint auch gar nichts dagegen zu haben. Sie dreht sich zu mir und wir wissen instinktiv, was jetzt zu tun ist. Der erste Kuss ist so unfassbar gut, dass mir der Atem weg bleibt, also nicht wirklich, aber das sagt man ja so.

Wir bleiben so lange sitzen, bis die Kälte unsere Körper durchdringt. Der Rückweg fühlt sich an wie der heilige Aufstieg zum Olymp, warum, weiß ich nicht, ich war nie in Griechenland. Schon komisch, was die zerebrale Assoziationsmaschine da manchmal leistet.

Wir betreten das Gästehaus auf leisen Sohlen. Sie flüstert, dass sie morgen schon sehr früh raus müsse, und verabschiedet sich von mir vor ihrer Zimmertür. Und ich habe auch gar nichts dagegen, denn sie fragt gleich, ob sie mich morgen Abend wiedersehe. Die Worte hinterlassen ein warmes Pochen in meiner Brust, ein Gefühl, das ich seit langem nicht mehr verspürt habe. Ich lasse mich erschöpft ins Bett fallen und schlafe sofort ein. Erst nachdem ich von wirren Träumen geplagt aufwache, wird mir das erneute Malheur bewusst. Gut, dass mein Hirn zuverlässig Alarm schlägt, wenn der Serotoninspiegel abfällt. Gleichzeitig macht es mir Angst. Denn was wäre, wenn mir das Zeug abhandenkäme? Ich will mir das gar nicht ausmalen. Eine Reise ins außereuropäische Ausland wäre mir da echt zu riskant. Aber ich habe ohnehin die Erfahrung gemacht, dass es völlig egal ist, wohin man reist. Wenn die innere Einstellung stimmt, kann Rügen genauso aufregend sein wie Neuseeland. Zudem ist ja sowieso alles abfotografiert und touristisch erschlossen. Ich war vor Jahren mal in Thailand. Da hatte ich einen Reiseführer der Sorte „Lonely Planet" dabei. Die als „Geheimtipp" angepriesenen Hostels waren natürlich überlaufen und selbst abgelegene Inseln verseucht mit Partyvolk. Auf sowas verzichte ich gerne.

Ich muss jetzt irgendwie wieder einschlafen, aber das geht natürlich nicht. Also stelle ich mir vor, wie ich Sex habe, also mit Kerstin. Irgendwann dämmere ich weg, aber die Erektion begleitet mich noch durch die halbe Nacht.

2.10

Am nächsten Morgen fühle ich mich schlecht. Ich schleppe mich in den Frühstückssaal und esse lustlos ein Brötchen, ein Ei und etwas Müsli. Immerhin wird das Wetter ganz gut. Ich verlasse die Pension gegen halb elf. Der Himmel ist klar und es hat wieder Frost. Als ich an dem Grundstück mit dem alten Haus vorbeikomme, spüre ich etwas Unbehagen. Ich gehe zügig weiter und erreiche das Groß'sche Anwesen mit zehnminütiger Verspätung. Der Hund flitzt schon durch den Garten und begrüßt mich mit freudiger Schwanzwedelei. Ich habe Lara schon ins Herz geschlossen. Ich klopfe an der Tür. Groß öffnet sofort. Er trägt eine dunkelgrüne Wachsjacke und sieht aus, als wolle er auf die Jagd gehen.

Wir nehmen einen Weg, der direkt an der Grenze zwischen Wald und Feldern entlangführt. Lara ist irgendwie hyperaktiv und rennt immer wieder vor und zurück. Ich erzähle ihm von meinem Erlebnis auf diesem Grundstück. Zum Glück muss ich nicht übermäßig laut sprechen, da er heute sein Hörgerät trägt.

Das sei ja schon fast Stoff für eine Erzählung, sagt er lachend.

Ich frage ihn, ob er etwas über das Anwesen wisse.

Er berichtet, dass das der Ortsteil Giegnitz sei, ein altes Gehöft, das seit einem Doppelsuizid leer stehe. Das sei aber ewig her, er wisse das bloß vom Hörensagen, die genauen Umstände seien ihm nicht bekannt. Er fügt hinzu, dass er sich gut vorstellen könne, dass da gelegentlich „Vagabunden" hausten, aber ein Okkultist? – Nein, das nun wirklich nicht. Nach einer Pause fragt er, ob ich den Maler Heinrich Basedow kenne.

Ich verneine, aber dann fällt mir das Bild über dem Bett wieder ein und ich erwähne das natürlich.

Ja, genau, den meine er, ein Impressionist, der Mitglied der Berliner Sezession gewesen sei. Der habe sich um die Jahrhundertwende in Lohme niedergelassen, also in den Sommermonaten, und anfangs sei der tatsächlich in Giegnitz untergekommen, bei einem Bauer namens Ackermann, um genau zu sein.

Woher er das wisse, frage ich.

Nun ja, sagt er, mir sei doch wohl bewusst, dass er selbst auch male, da sei es ja nachgerade eine Notwendigkeit, dass man sich mit dem künstlerischen Erbe der Region auseinandersetze.

Das sehe ich ein und es freut mich durchaus, diese Dinge über Lohme zu erfahren, denn er erzählt natürlich noch viel mehr. Dafür, dass er hier nicht aufgewachsen ist, weiß er echt Bescheid.

Bei einer Bank machen wir halt. Von hier hat man einen grandiosen Blick über die reifbedeckten Felder bis runter zum Meer. Groß wirkt etwas erschöpft. Er steckt sich die Pfeife mit einem Benzinfeuerzeug an und bläst weiße Schwaden in die frostige Luft. Dann sagt er, dass er die Schrift angelesen habe. Sie sei „kühn" geschrieben. Aus bekannten Gründen könne er einige Details nicht nachvollziehen, gleichwohl verstünde er meine Motivation, er sei ja nicht weltfremd und wisse um die Fragwürdigkeiten, die die digitale Vernetzung „evoziere".

Ich antworte zögerlich. Die Autorität, die er ausstrahlt, lässt mich nicht unbeeindruckt. Ich überlege, wie ich mich ausdrücken könnte, ohne dass es ungebildet klingt. Schließlich schaffe ich es, einen kurzen Abriss meiner Kernthese zu geben. Er scheint mir trotz einiger Halbsätze folgen zu können und nickt anerkennend.

Also gut, sagt er, er werde das bei nächster Gelegenheit an diesen Lektor aus dem Sachressort seines Verlages geben. Dessen Name habe er zwar gerade nicht parat, aber der werde ihm schon wieder einfallen.

Ich atme innerlich auf, weil das natürlich viel besser läuft als gedacht. Die Ultima Ratio wäre ja die gewesen, die Fotos seiner Frau ins Spiel zu bringen: Stichwort Klatschpresse. Ob ich das wahr gemacht hätte, kann ich nicht sagen, aber der Gedanke, das als Druckmittel einzusetzen, war immer da. Ich bin unglaublich erleichtert, dass ich darauf nun verzichten kann.

Ich denke ja, dass er insgeheim weiß, dass seine Frau fremdvögelt, wenn sie da tagelang auf irgendwelchen Konferenzen rumlungert. Bei denen geht vermutlich nicht mehr viel. Ich kann es mir jedenfalls kaum vorstellen.

Groß hustet und klopft die Pfeifenasche zu Boden. Wir gehen weiter. Der Pfad führt in den Wald hinein. Betagte Buchen recken ihre gewundenen Äste in den eisgrauen Himmel. Der Untergrund ist gefroren. Ich zertrete das Eis hohler Pfützen und denke an Kerstin. Wir kämen bald zum Herthasee, sagt er, der sei schon bei Tacitus erwähnt worden. Dann erzählt er eine dieser vorsintflutlichen Sagen: Hertha sei ja bekanntlich eine nordische Gottheit und so weiter, außerdem könne man dort irgendwo die Reste einer slawischen Wallanlage sehen. Das interessiert mich so mittel.

Der See liegt mitten im Wald. Er ist kreisrund, als sei er künstlich angelegt oder das Relikt eines Meteoriteneinschlags. Trotz einer dünnen Eisschicht wirkt er so, als sei er sehr tief. Das Eis ist ungetrübt, das Wasser darunter schwarz wie ein Moorauge. Am anderen Ufer stehen zwei Rehe. Als Lara sie wittert, flippt sie völlig aus. Die scheuen Tiere sind natürlich sofort weg und die Hündin auch. Groß ruft ihr hinterher, aber sie hört nicht und das ärgert ihn natürlich.

Instinkte seien stärker als Abrichtung, sagt er, als müsse er sich rechtfertigen.

Er setzt sich schnaufend auf einen Felsblock und entzündet die Pfeife. Seine Kondition ist miserabel. Kein Wunder, denke ich, denn genau genommen ist er ein Kettenraucher.

Es dauert bestimmt zehn Minuten, bis Lara wieder auftaucht. Groß redet auf sie ein, das machen ja alle Hundebesitzer so. Sie ist aber gar nicht eingeschüchtert, sondern wedelt mit dem Schwanz, als sei nichts gewesen.

Wir treten den Rückweg an. Auf der Höhe einer alten Försterei kommt uns eine Rentnergruppe entgegen. Die Leute erkennen ihn natürlich, einer traut sich sogar zu grüßen, der Rest tuschelt aufgeregt.

Zum Königsstuhl seien es nur zwei Kilometer, versichert Groß, im Sommer strömten die Massen hier durch, der höchste Kreidefelsen der Insel wirke leider magnetisch auf Touristen.

Ich bestätige, dass dies lästig sei. Dem Gespräch geht trotzdem die Luft aus. Nach einigen Minuten breche ich das Schweigen, indem ich frage, ob er immer noch segele.

Selten, sagt er, im Sommer bei ruhiger See manchmal, aber nur dann, wenn einer seiner Söhne mit an Bord sei. Er könne leider nicht mehr so zupacken, wie das erforderlich sei. Man dürfe die Kräfte des Meeres nicht unterschätzen, selbst wenn es nur die Ostsee sei. Das sehe ich ein und sage es auch. Er bekundet, dass er als junger Mann nie daran gedacht habe, Schriftsteller zu werden. Er habe eigentlich davon geträumt, die Welt zu sehen, als Matrose auf einem Handelsschiff, das sei ja der erste Schritt einer Kapitänslaufbahn. Aber dann sei er durch den Tauglichkeitstest gefallen, da sein Hörvermögen schon damals nicht gut gewesen sei. Aus Eitelkeit habe er sich aber erst Jahre später ein Hörgerät zugelegt, gibt er lachend zu. Seine Talente habe er zunächst unterschätzt, aber das habe vielleicht auch sein Gutes gehabt. Die Überraschung über den ersten Erfolg sei dadurch umso größer gewesen. Der habe dann allerdings wie eine Droge gewirkt, erst beflügelnd, dann auszehrend und zermürbend. Aber inzwischen müsse er niemandem mehr etwas beweisen, außer vielleicht seiner Frau.

Als wir zurück am Grundstück sind, helfe ich, den Hund zu versorgen. Dann gehe ich noch kurz mit rein, um das Skript mit Kontaktdaten zu versehen. Die Mailadresse, die ich hinschreibe, habe ich nur für diesen Zweck eingerichtet. Ich bemühe mich peinlich genau um Leserlichkeit, denn daran soll es nun wirklich nicht scheitern. Groß übergibt mir beim Abschied ein schmales Buch. Es werde erst im neuen Jahr erscheinen, sagt er. Wir drücken uns die Hand. Die seine zittert leicht. Ich hoffe, dass das kein Alkoholtremor ist. Auf mich macht er eigentlich nicht den Eindruck eines Trinkers. Aber man weiß ja nie. Die Audienz war jedenfalls ein Erfolg, so viel steht fest. Ich schreite durch die Tür und lasse sie alle hinter mir: ihn, Lara, das Anwesen und damit auch das Wagnis dieser Reise.

In der Pension lasse ich mich auf der Bettkante nieder und schlage das Buch auf. Er hat es mit einer datierten Widmung versehen. *Für Andreas. In Verbundenheit. W.G.* Darüber freue ich mich wirklich sehr. Das Buch trägt den Titel *Alles hat seine Zeit*. Es ist eine Sammlung von Gedichten, Zeichnungen und prosaischen Miniaturen, denen die Beschäftigung mit dem Älterwerden zugrunde liegt. Groß ist 74, glaube ich, da kann man schon nachvollziehen, dass er der Endlichkeit huldigt, wenngleich er auf mich nicht wirkte, als habe er schon genug.

Ich schlafe bis in den späten Nachmittag hinein. Dann gehe ich zu den Duschen, die auf dem Gang liegen. Als ich den Raum betrete, steht dort Kerstin vorm Spiegel, ihr feuchtes Haar kämmend.

Hi, sage ich etwas zurückhaltend, weil ich sie ja eigentlich nicht in ihrer Intimsphäre stören will.

Hi, na du, entgegnet sie sichtlich erfreut und dreht sich zu mir um.

Ein weißes Handtuch umschlingt ihren schlanken Körper. Ihr Anblick wirkt unglaublich verführerisch. Sie schlägt vor, sich in einer halben Stunde in der Gemeinschaftsküche zu treffen, sie habe noch ein paar Vorräte und man könne gemeinsam was kochen.

Klar, sage ich und versuche gelassen zu wirken.

Sie trägt eine Lippencreme auf und verabschiedet sich mit einem schüchternen Lächeln, obwohl sie ja gar nicht so schüchtern ist. Ich dusche erst heiß und dann minutenlang eiskalt. Das tut gut, denn etwas aufgeregt bin ich schon.

Ich habe kein Deo dabei und Parfüm sowieso nicht, aber so frisch geduscht ist das kein Problem. Als ich die Küche betrete, steht sie schon am Herd und kocht Nudeln mit Tomatensoße. Sie trägt ein schlichtes T-Shirt in Dunkelblau und eine graue Jogginghose. Sie umarmt mich kurz aber fest. Wow, das fühlt sich gut an. Ich frage natürlich, ob ich irgendwie helfen könne, und sie sagt, ich könne den Tisch decken, was ich dann auch mache. Sie hat eine Flasche Rotwein da, die mache ich schon mal auf. Dann sitzen wir uns gegenüber und ich bin richtig gerührt ob dieser netten Bewirtung. Vor dem ersten Bissen faltet sie ernsthaft die Hände für ein kurzes Tischgebet. Das finde ich irgendwie süß, da habe ich echt nichts dagegen.

Ich wünsche eine „gesegnete Mahlzeit".

Sie lächelt und sagt, ich solle sie nicht „foppen".

Das Essen ist natürlich Nebensache. Ich frage sie nach ihrem Tag und sie erzählt mir von Tauchern, also von Haubentauchern, Ohrentauchern und noch einer Art, die ich mir nicht gemerkt habe. Sie gehe nämlich der Frage nach, inwiefern das Nahrungsspektrum im Winterhabitat die Fortpflanzungsstrategie dieser Vögel beeinflusse. Bisher habe man hierzu primär die Brutquartiere untersucht. Welche Strategien es denn gebe, frage ich, denn das interessiert mich durchaus.

Und dann erzählt sie von r-Strategen und K-Strategen, und das sagt mir natürlich gar nichts. Sie ergänzt, dass r-Strategen auf hohe Reproduktionsraten setzten, während K-Strategen sich an der Kapazitätsgrenze ihres Habitats orientierten, viel Energie auf das eigene Überleben verwendeten und wenige Nachkommen zeugten, die dann allerdings eine hohe Überlebenschance hätten. Ein Grasfrosch sei ein typischer r-Stratege, während der Mensch ein typischer K-Stratege sei, der sich aber ganz offensichtlich von der Kapazitätsgrenze entkoppelt habe.

Wie das bei Taucher-Vögeln sei, frage ich.

Lappentaucher, sagt sie, das seien alles Lappentaucher, und da sei das nicht so einfach. Die meisten Arten tendierten zur K-Strategie, aber nicht alle, Zwergtaucher seien zum Beispiel r-Strategen. Spannend werde es, wenn innerhalb einer Art divergente Mischstrategien verfolgt würden. Das deute nämlich darauf hin, dass auch die Beschaffenheit des Habitats eine Rolle spiele, und genau das sei ja ihre These.

Das finde ich wirklich interessant, nicht dass mich die einzelnen Vogelarten kümmerten, aber die Fragestellung ist ja etwas universeller und hat sicherlich ihre Berechtigung, und das sage ich auch.

Ob ich den Zoologen Jon Fjeldsa kenne, fragt sie.

Den kenne ich natürlich nicht.

Der sei eine Koryphäe unter Ornithologen und habe ein Standardwerk über Lappentaucher geschrieben. Das sei wirklich hervorragend und gehe weit über das hinaus, was man von einem solchen Buch erwarten würde. Sie habe ihn sogar einmal gesprochen, am Rande einer Konferenz in Kopenhagen.

Ich stelle fest, dass sie ihre Arbeit offenbar sehr möge, das sei ja nicht selbstverständlich.

Ja, sagt sie, das wisse sie auch zu schätzen, aber etwas einsam sei es hier schon – und sie lächelt, oh wie schön sie lächelt.

Sie erwähnt, dass sie demnächst einen Assistenten zur Seite gestellt bekomme, der sei noch Student und müsse ein Freilandpraktikum absolvieren.

Das gefällt mir irgendwie gar nicht. Ich sollte besser jeden Gedanken an Zukünftiges verdrängen, doch ich bezweifele, dass mir das gelingen wird.

Inzwischen haben wir natürlich längst aufgegessen. Sie fragt mich nach dem Ausflug mit Groß und ich berichte davon. Ich offenbare auch, was ich tatsächlich von ihm wollte, also dass ich dieses „Buch" geschrieben hätte: digitales Eingebundensein und so weiter. Das sei mir gestern aber irgendwie unangenehm gewesen und deswegen hätte ich bloß die „halbe Wahrheit" gesagt.

Sie fragt natürlich sofort, warum das so gewesen sei, aber da habe ich keine gute Antwort parat. Ich fasele was von ihrem iPad, da hätte ich erwartet, auf Unverständnis zu stoßen. Sie findet das aber ganz hervorragend, dass ich mich damit befasse. Als Biologin ist sie typischerweise etwas öko drauf, und das geht ja oft mit einer Spur Technikskepsis einher, insofern habe ich keinen schlechten Stand. Ich erzähle natürlich auch, dass Groß versprochen habe, das Skript weiterzugeben. Darauf stoßen wir dann an. Der Wein ist billig, aber gar nicht mal soo schlecht. Nach dem zweiten Glas verspüre ich eine angenehme Wärme in der Brust. Während wir uns weiter angeregt unterhalten, leeren wir die ganze Flasche, wobei ich mehr trinke, aber ich vertrage ja auch mehr. Dann waschen wir das Geschirr ab. Die Arbeitsteilung funktioniert bestens und es fühlt sich an, als würde ich Kerstin schon länger kennen. Das mag abgedroschen klingen, aber so ist es nun mal.

Ich frage mich natürlich schon, wie es jetzt weitergeht. Aber bevor ich die Initiative ergreifen kann, sagt sie, sie wolle mir etwas zeigen, also auf ihrem Zimmer. Das kommt mir wirklich sehr gelegen, denn ich hätte gar nicht gewusst, wie ich das angehen soll.

Wir sitzen also nebeneinander auf dem Bett und sie spielt auf ihrem iPad Videos ab, die diese Vögel zeigen. Die geben ulkige Laute von sich, deren Bedeutung sie mir dann auch erklärt. Dann zeigt sie mir Fotos von einem Besuch auf einem dieser Offshore-Windparks. Aus ihrer Sicht seien die problematisch: „Todesfallen" für Seeadler und somit eine Bedrohung für das ökologische Gleichgewicht. Ich höre gar nicht mehr richtig zu. Ich will endlich zur Sache kommen. Ich rücke also noch etwas näher, spüre ihre Körperwärme und rieche die Süße ihres Haars, das im Halblicht der Nachttischleuchte schimmert. Dann küsse ich sie einfach auf die Wange. Sie dreht ihren Kopf, schenkt mir ein Schmunzeln und flüstert, dass ich ja recht habe.

Wir küssen uns erst im Sitzen auf der Bettkante, und ich schmecke die Bitterkeit ihrer Lippencreme, aber das macht mir wirklich gar nichts aus. Ich lasse mich nach hinten fallen und sie legt sich auf mich und liebkost meinen Hals, während ich ihrem Atem lausche und eine Hand vorsichtig unter ihr Höschen schiebe. Sie richtet sich auf und drückt ihr Schambein gegen mein unter der Jeans lauerndes Glied, das sich längst verfestigt hat. Das Wissen um das Bevorstehende verengt meine Wahrnehmung, ich sterbe vor Lust. Jetzt zieht sie ihr T-Shirt über den Kopf und entblößt ihre kleinen, festen Brüste. Es gibt kein Halten mehr. Wir ziehen alles aus, nichts trennt mehr unsere Körper, jede Berührung ist Haut auf Haut. Auf dem Rücken liegend beobachte ich, wie sie ihr Bein anwinkelt, um sich auf mich zu setzen. Ihre Haut ist weiß und ihr Schamhaar nur an den Seiten gestutzt. Sie nimmt mich lautlos in sich auf. Ich habe sie gar nicht nach der Pille gefragt, aber sie wird das schon im Griff haben, nehme ich an.

Sie bewegt sich langsam auf und ab und ich beobachte ihre Schamlippen, die vor Erregung leicht geschwollen sind. Noch stützt sie sich mit ihren Händen auf meinem Oberkörper ab, aber ich ziehe sie runter und sauge an ihrem Ohrläppchen, was sie geradezu in Ekstase versetzt. Dann drehen wir uns, ohne das es dazu Worte bedurft hätte. Nun bin ich obenauf. Ich vergrabe meine Hände in ihrem Haar und passe mich der rhythmischen Bewegung ihres Beckens an.

Während wir ficken, sagt sie mehrfach meinen Namen, was mich ganz verrückt macht. Und weil sie so richtig schön eng ist, bin ich auch kurz davor zu kommen und sie hoffentlich auch, aber das weiß man ja nie so genau. Schwer atmend entlädt sich mein aufgestauter Samen. Sie zittert und wir umarmen uns ganz fest und ich spüre meinen Puls in ihr. Dann liegen wir minutenlang nebeneinander, schauen uns in die Augen und können unser Glück kaum fassen.

2.11

Am nächsten Tag ist Sonntag, da hat Kerstin frei, also aus Prinzip. Wir frühstücken spät und ausgiebig, bevor es raus ans Meer geht. Sie hat für ihre Forschungszwecke ein Motorboot im Hafen liegen. Das ist doch mal was.

Sie versichert, dass sie den Bootsschein schon ein Jahr habe.

Das sei beruhigend, sage ich, obwohl ich gar nicht beunruhigt bin, immerhin macht das Gefährt einen sehr soliden Eindruck. Es ist komplett aus Aluminium und hat sogar einen Steuerstand.

Es sei „eissicher", sagt sie, das Hafenbecken könne ja schon mal zufrieren.

Ich bemerke, dass es durchaus mutig sei, da im Winter alleine rauszufahren.

Ach was, erwidert sie, sie fahre ja nur bei ruhiger See raus und entferne sich nicht weit von der Küste. Außerdem trage sie immer eine Schwimmweste und sie habe auch eine für mich und die solle ich doch bitte mal anlegen.

Aye Captain, salutiere ich und führe die gestreckte Hand an die Schläfe.

Die Sonne bricht durch konturlosen Hochnebel, es ist windstill und kalt. Dort, wo die Strahlen auf flaches Wasser treffen, steigt Dampf empor. Unser erstes Ziel ist der Schwanenstein, das ist ein riesiger Findling, der vor der Küste aus dem Meer ragt.

Kerstin erzählt eine schauderhafte Geschichte, die sich dort abgespielt habe. Kinder aus dem Ort hätten im Winter auf der gefrorenen Ostsee gespielt, dann sei ein Sturm aufgezogen, der das Eis brechen ließ. Drei der Kinder hätten sich auf den Felsen gerettet, der Sturm sei aber schnell zum Orkan geworden, so dass alle Rettungsaktionen scheiterten. Am nächsten Tag sei die See wieder ruhig gewesen und man habe die toten Körper als „Eisblöcke" geborgen.

Wir bekunden beide, wie krass diese Vorstellung sei.

Ich betrachte den Stein aus nächster Nähe. Er ist rötlich und glatt, die unteren Flächen sind mit grünen Algen belegt, die Spitze ist weiß gesprenkelt. Vogelkot. Farblich erinnert mich das an die Flagge von Helgoland. Die kenne ich natürlich nur, weil ich mal auf Helgoland war, und zwar an Silvester. Aber das ist eine andere Geschichte. Nachdem ich genug gesehen habe, beschleunigt Kerstin das Boot. Wir fahren mit hohem Tempo die Küste entlang. Der Fahrtwind lässt die Augen tränen, aber das stört mich nicht. Ich fühle mich frei und so gut wie lange nicht mehr. Die Kreidefelsen, die sich steuerbordseitig auftürmen, sind wirklich beeindruckend. An einigen Stellen sieht man frische Abbrüche. Wegen der Motorgeräusche müssen wir fast brüllen.

Kerstin erklärt, dass es riskant sei, den Strand nach Regenfällen zu betreten. Beim letzten Mal, als jemand verschüttet wurde, habe man die Leiche erst Wochen später gefunden.

Ich bemerke, dass sie morbide Geschichten offenbar möge.

Wer tue das nicht, ruft sie lachend.

Inzwischen haben wir das Tempo gedrosselt. Wir nähern uns einem Areal, in dem sich hunderte Wasservögel tummeln, auch solche, die man eigentlich aus Parks kennt, Schwäne zum Beispiel.

Da die Ostsee viel seltener zufriere als Binnengewässer, sei der küstennahe Bereich ein gut geeignetes Winterhabitat, auch für Arten, die man sonst aus dem Inland kenne, sagt sie, das treffe auch auf die meisten Lappentaucher zu. Allerdings begünstige die hohe Tierdichte die Ausbreitung der Vogelgrippe. Die Wahrscheinlichkeit einer Epidemie sei zwar sehr gering, aber es gehöre natürlich zu ihren Aufgaben, auch sowas im Blick zu haben, immerhin sei der gefährliche H5N1-Erreger schon einmal bei Wildvögeln dieser Region aufgetreten.

Ich kann mich tatsächlich noch an Fernsehbilder von verendeten Schwänen erinnern, aber ich will das nicht weiter vertiefen und zeige auf die Vögel, die ich für Lappentaucher halte.

Richtig, sagt sie, das seien Schwarzhalstaucher. Sie ist ganz verzückt vom Anblick der Vögel, obwohl sie die ja eigentlich täglich sieht. Ich erfahre natürlich noch viel mehr über die Viecher und das langweilt mich auch gar nicht, also kaum.

Nach zwei Stunden auf See ist mir echt kalt geworden und hungrig sind wir beide. Auf der Rückfahrt ermuntert sie mich dazu, das

Steuer zu übernehmen. Die Gelegenheit lasse ich mir nicht entgehen. Wir brettern mit Vollgas übers Wasser und jede Woge hebt das Boot für einen kurzen Moment in die Luft. Das ist schon richtig geil, eigentlich das Beste, was ich je gemacht habe. Das ist natürlich übertrieben, aber irgendwie auch nicht. Ich hätte nie gedacht, dass mein Trip solche Momente mit sich bringen würde.

Nachdem wir das Boot vertäut haben, entscheiden wir uns dazu, in dieses Restaurant mit Seeblick zu gehen. Die Speisekarte ist umfangreich, da fällt mir eine Entscheidung echt schwer. Nach einigem Hin und Her bestelle ich einfach das Gleiche wie Kerstin: Ostseedorsch mit Butterkartoffeln. Der Fisch ist wirklich hervorragend, da sind 18 Euro durchaus angemessen. Wir trinken natürlich Weißwein, der ist zwar teuer, aber echt gut. Ich gerate in eine angenehme Trance, die nicht mit Müdigkeit einhergeht.

Mittlerweile dämmert es schon. Der Himmel färbt sich orangeviolett, in der Ferne ziehen zwei Schnellboote über die Ostsee.

Kerstin bemerkt, dass von denen täglich Dutzende diese Passage nähmen. Es sei die Flotte des Windparkbetreibers. Sie sei auf einem der Schiffe dorthin gefahren, also zum Windpark, das seien supermoderne Katamarane mit Wasserstrahlantrieb, nicht gerade ideal für Meeressäuger wie Schweinswale, aber man dürfe auch nicht alles verteufeln.

Unser Gespräch driftet nach dem zweiten Glas Wein ins Abstrakte ab. Es geht um die Frage, ob die Evolution ein Ziel habe. Sie sagt, sie glaube, dass Leben und Bewusstsein göttlichen Ursprungs seien, das bedeute aber nicht, dass alles Leben einer zielgerichteten Formung unterliege. Der Zufall in Kombination mit Selektionsdruck sorge für Variation und Anpassung. Es brauche kein Ziel für die Entfaltung der Schöpfung. Ihr gefalle der Gedanke, dass die Möglichkeit für Leben bereits im Ursprung angelegt sei, das lasse genug Raum für Spiritualität.

Ich entgegne, dass das Vorhandensein passender Anfangsbedingungen nicht besonders überraschend sei, denn andernfalls säße man ja nicht hier. Man könne beim Blick in die kosmische Vergangenheit immer nur feststellen, dass alles auf die Entstehung von Leben hinauslief.

Schön und gut, sagt sie, aber nur weil das eine Bedingung unserer Existenz sei, heiße das ja nicht, dass es keiner Erklärung bedürfe.

Da stimme ich zu. Ich hätte ihr so viel Scharfsinn gar nicht zugetraut.

Ich frage sie, was sie von der seltsamen These halte, dass keine menschlichen Rassen existierten. Das sei nämlich etwas, das mich beschäftige.

Dazu könne sie etwas beitragen.

Das finde ich gut.

Sie sagt, dass der Begriff aus biologischer Sicht nicht hilfreich sei, da er eine abgrenzbare genetische Homogenität voraussetze, die faktisch nicht gegeben sei. Gleichwohl könne ein Humangenetiker natürlich genau feststellen, ob eine DNA von einem Japaner oder einem australischen Ureinwohner stamme, genauso wie wir das phänotypisch können.

Ich nicke zustimmend, ergänze aber, dass das Fehlen scharfer Grenzen viele Phänomene betreffe, trotzdem würde niemand behaupten, es existiere nur eine Farbe.

Philosophen vielleicht, entgegnet sie grinsend.

Leider stimme das, sage ich, und schiebe die Information hinterher, dass ich gelesen hätte, Schimpansen teilten 99 Prozent ihrer Gene mit uns.

Das sei vermutlich korrekt, sagt sie nach kurzem Überlegen, aber man dürfe Gene und DNA nicht gleichsetzen. Verglich man die gesamte DNA sei der Unterschied größer. Menschen teilten durchschnittlich etwa 99,5 Prozent ihrer DNA, wobei die höchste Variabilität in Afrika zu finden sei. Natürlich vermische sich das Erbgut zunehmend, aber ein Zustand gänzlicher Homogenität schließe sich aus, etwas Varianz bleibe immer erhalten, und das sei auch gut so.

An dieser Stelle bemerke ich klügelnd, dass *homogen* ja die Bedeutungen *Mensch*, *gleich* und *Gen* enthalte, das sei doch irgendwie kurios.

Sie lächelt, das sei ihr auch schon aufgefallen, und dann erwähnt sie die Sichelzellenanämie, die ein gutes Beispiel dafür sei, wie die Evolution den Menschen forme. Der Erbdefekt trete fast nur bei dunkelhäutigen Menschen auf, insbesondere im tropischen Afrika, denn bei der moderaten Form heterozygoter Träger werde gleichzeitig eine Resistenz gegen Malaria verursacht.

Ich habe zwar keinen Schimmer, was „heterozygot" bedeutet, aber ich finde das echt interessant. Überhaupt habe ich den Eindruck, dass mir eine sehr intelligente Frau gegenübersitzt. Doch das Thema Nature versus Nurture in puncto IQ verkneife ich mir trotzdem. Ich weiß aus Erfahrung, dass das bei Frauen nie gut ankommt. Das ist so.

Während der Tag vergeht, wird mir bewusst, wie schwer es sein wird, im Wissen abzureisen, Kerstin vielleicht nie wiederzusehen. Ich denke natürlich daran, meinen Aufenthalt zu verlängern, doch eigentlich bleibt mir hier nichts mehr zu tun, und die Problematik änderte sich dadurch ja auch nicht, im Gegenteil. Zudem muss ich in der kommenden Woche zwei Frühschichten wuppen. Die Sache ist also erschreckend klar.

Den Abend verbringen wir bei ihr im Zimmer. Ich habe ihr schon gesagt, dass es die letzte Nacht sein wird. Der Sex ist intensiv, aber irgendwie auch bedeutungslos. Wir liegen danach lange nebeneinander, schweigend und friedlich.

Sie sagt, dass wir Kontakt zueinander halten sollten, aber wir wissen beide, dass das bloß eine Floskel ist. Bei der Entfernung ist es schließlich nur eine Frage der Zeit, bis die Verbindung abbricht.

In dieser Nacht bleibe ich bei ihr. Vorher war ich unter einem Vorwand in meinem Zimmer, um das Medikament zu nehmen. Ich habe meine Probleme natürlich nicht erwähnt, aber sie kann sich bestimmt denken, dass es welche gibt. Ich habe ihr von meinem Job am Flughafen erzählt. Das fand sie offiziell nicht schlimm, aber insgeheim denkt sie bestimmt, ich sei ein mittelloser Fantast, der für eine ernsthafte Beziehung nicht geeignet ist. Und ich könnte ihr nicht mal einen Vorwurf machen, denn ich kann mir ja selbst nicht vorstellen, jemals Verantwortung zu übernehmen, also für eine Familie mit Kindern und so weiter. Es ist ungewohnt, dass jemand neben mir liegt. Ich lausche ihrem Atem und verharre regungslos, um sie nicht zu wecken. Meine in solchen Situationen übliche Nervosität begleitet mich bis in den Schlaf. Ich muss bis zum Morgen zweimal raus, um zu pissen. Körperbeherrschung war nie meine Stärke, obwohl ich mir vorgenommen hatte, daran zu arbeiten, aber je genauer man darauf achtet, desto schlimmer wird das eigentlich.

2.12

Der nächste Morgen bricht an. Ein Blick aus dem Fenster offenbart kräftigen Schneefall. Wir frühstücken noch einmal gemeinsam und tauschen unsere Kontaktdaten aus, bevor es ans Verabschieden geht. Kerstin wünscht mir frohe Weihnachten. Ich frage, wo sie die Feiertage verbringe. Sie werde bei ihren Eltern in Nörten-Hardenberg sein. Ich sei in Kassel, sage ich, man sei also gar nicht so weit voneinander entfernt. Sie verschiebt das in die Zukunft, indem sie sagt, dass man das ja noch genauer besprechen könne.

Dann drücken wir uns und ich küsse sie, aber irgendwie kommt es mir vor, als habe sich ihre Leidenschaft schon abgeschwächt. Sie begleitet mich dann auch nicht zur Haltestelle, obwohl sie das ja hätte tun können.

Der Bus kommt natürlich nicht pünktlich, vermutlich wegen des Schnees, und ich stehe in der Kälte und komme mir vor wie eh und je. Es dauert fast fünfzehn Minuten bis der da ist. Ich steige ein, löse teilnahmslos den Fahrschein und lasse mich in einen Sitz fallen. Ein paar ältere Rüganer harren im hinteren Teil aus. Ich blicke noch einmal aufs Meer, das sich dunkel zum Horizont streckt. Goodbye Lohme!

Über die Straße hat sich eine leichte Schneeschicht gelegt. Ich hoffe, dass wir zeitig nach Sassnitz kommen. Ich will auf keinen Fall den Regionalzug nach Rostock verpassen, der nur alle zwei Stunden fährt. Der Bus kriecht die Landstraße nach Nipmerow hoch. Als wir an dem merkwürdigen Grundstück vorbeikommen, sehe ich, dass Fußspuren ins Unterholz führen. Ich nehme mir vor, darüber zu recherchieren, wenn ich zurück bin. Ein paar Fakten lassen sich vielleicht finden, also zu dem Suizid, den Groß erwähnt hat.

Bei Werder gibt es plötzlich einen lauten Schlag, dann gerät der Bus ins Schlittern und nietet ein Verkehrsschild um, und ich knalle mit der Stirn voll gegen diese schwarze Gummilehne. Wow, jetzt bin ich wach. Es stellt sich heraus, dass wir einen ausgewachsenen Rehbock erwischt haben. Der liegt mitten auf der Fahrbahn, tot. Durch die Seitenscheibe beobachte ich, wie das dampfende Blut den Schnee schmelzen lässt.

Verletzt ist niemand, aber es dauert fast eine Stunde bis wir von einem Großraumtaxi abgeholt werden. In Sassnitz lungere ich dann am Bahnhof rum und trinke drei Dosen Wodka Energy. Das ist natürlich völlig unnötig, aber es verkürzt die Wartezeit und irgendwie ist mir auch danach.

Im Zug will ich schlafen, aber das geht mit dem Koffeinspiegel natürlich nicht. Also starre ich angetrunken aus dem Fenster. Aber so viel sieht man da nicht, weil es immer noch schneit, und zwar ziemlich heftig. Beim Umstieg in Rostock kaufe ich Zigaretten. Das Liquid ist mir zwischenzeitlich ausgegangen, ich brauche dringend Nikotin. Ich rauche gleich zwei hintereinander. Scheiße, wie furchtbar das schmeckt! Muss aber sein, schließlich dauert es fast drei Stunden bis zur nächsten legalen Gelegenheit.

Während der Fahrt nach Berlin blättere ich in der „mobil". Da ist tatsächlich ein Interview mit Campino drin. Ich mochte die Hosen, als die noch Punk gemacht haben. Die Stadionschlager von heute, na ja, die gehen so. Was mich nervt, ist diese Zeigefingermoral, die jeden zweiten Song durchdringt. In dem Punkt sind die Ärzte etwas zurückhaltender, obwohl die natürlich auch links sind, und ich eben nicht.

Irgendwie schaffe ich es, bis Oranienburg zu schlafen. Am Berliner Hauptbahnhof steige ich aus und gehe auf den Vorplatz, um zu rauchen. Der Schnee ist in Regen übergegangen. Ich blicke in den wolkenverhangenen Himmel, der gut zu dieser Stadt passt. Bonjour Tristesse, denke ich, und asche auf das kaugummiverklebte Pflaster.

Da ist so ein Typ mit Bauchladen, der Bratwürste verkauft. „Grillwalker" nennt man die. Ich will eine Wurst kaufen, aber der hat nur Rindswürste und die mag ich nicht. Also gehe ich zu Gosch, um mir das Gleiche wie auf der Hinfahrt zu besorgen. Ich frage die Dame am Tresen, ob der Fisch auch halal sei. Damit bringe ich sie völlig durcheinander. Die checkt gar nicht, dass das ein Spaß ist. So weit sind wir also schon.

Als der Zug in Frankfurt einfährt, ist es schon wieder dunkel. Ich stelle mich zu den Rauchern. Eine gelbe Linie auf dem Bahnsteig markiert die sogenannte Raucherinsel. Das ist schon merkwürdig, also dass ein bloßer Farbstrich auf dem Boden gemeinhin als Grenze akzeptiert wird.

Ich kaufe bei McDonald's drei Hamburger und steige in die nächste S-Bahn. Die Burger sind noch heiß und schmecken. So ein Zottel fragt mich nach Kleingeld. Ich biete ihm einen Burger an, aber den will er nicht. Er sagt tatsächlich, Fast Food sei scheiße. Jetzt läuft er einmal bis ganz hinten durch. Da ist null Hemmschwelle vorhanden. In einem von hundert Fällen ist das vielleicht erfolgreich. Aber das reicht schon für die Beständigkeit des Phänomens.

Im Briefkasten finde ich ein Schreiben von Fraport. Das reiße ich aber nicht sofort auf. Sowas mache ich nicht. Ich habe einen Brieföffner. Mit gezückter Klinge harre ich auf der Bettkante aus. Soll ich noch warten? Ach was. Eine Handbewegung, das scharfe Geräusch und raus damit.

Das habe ich nicht erwartetet. Ich bin sprachlos. Ich schiebe das Schreiben zurück ins Kuvert und fahre den Computer hoch. Ich soll mich da schon Ende der Woche vorstellen, also noch vor Weihnachten. Das ist doch mal was.

Der nächste Vormittag gehört schon der Vorbereitung. Ich muss dringend seriös aussehen. Deswegen lasse ich mir eine gescheite Frisur verpassen. Dreizehn Euro kostet das bei Mehmet. Da gehe ich immer hin. Die haben da auch diesen Tee. Den mag ich. Aber die Orientmucke nervt.

Der Mehmet spricht Deutsch, die Angestellten bloß Rudimentärdeutsch, da muss er manchmal übersetzen. Das klappt aber gut und der Laden läuft. Ich gebe grundsätzlich Trinkgeld, selbst wenn ich nicht zufrieden bin. Mein Ruf als Kunde ist mir hier irgendwie wichtig. Ach ja, die brennen einem da tatsächlich die Härchen am Ohr weg: ein feiner, kurzer Schmerz, garniert mit Kokelgeruch.

Frisch frisiert gehe ich los. Das fühlt sich luftig an am Kopf. Im Sommer mag ich diesen Effekt, jetzt friere ich bloß. Wie auch immer. Ich will mir einen neuen Ledergürtel besorgen. Dafür gehe ich zu Karstadt, da kenne ich mich aus. Die Auswahl ist natürlich riesig. Das nervt. Es dauert eine halbe Stunde bis ich einen schicken Gürtel in passender Länge finde. Allerdings habe ich den Eindruck, dass der je nach Einstellung entweder zu fest oder zu locker sitzt. Ich kaufe ihn schließlich doch und bohre daheim ein zusätzliches Loch. Jetzt sitzt er perfekt, aber irgendwie ärgere ich mich trotzdem über das Extraloch.

Am Abend komme ich dazu, diese kleine Recherche zu machen. Dabei erfahre ich, dass das Grundstück zum Verkauf steht. Aber über den Doppelselbstmord finde ich gar nichts. Das muss also schon lange zurückliegen. Einschließlich Bausubstanz soll das Ganze bloß vierzigtausend Euro kosten. Ob hier das Wissen um die Vergangenheit den Preis drückt? Mir wäre das jedenfalls völlig egal, ich glaube nicht an negative Energien oder so. Das Gebäude ließe sich doch Schritt für Schritt restaurieren und die abgesonderte Lage wäre auch mein Ding. Hätte ich das Geld, würde ich mir das ernsthaft überlegen. Heute mag das ein Traum sein, aber spätestens wenn ich erbe, erfülle ich mir den. Die haben sich ja scheiden lassen, da bekomme ich also schon beim ersten Todesfall was. Ich hoffe nur, dass mein Vater mit seiner Theresa nicht alles verjubelt, oder noch schlimmer: heiratet und Kinder zeugt. So doof ist er hoffentlich nicht, aber bei älteren Herren weiß man nie. Ich habe unlängst geträumt, dass er mir unter den Händen wegstirbt. Das werde ich nicht so schnell vergessen, die Realisation unwiederbringlichen Verlusts ist grausam. Aber irgendwie kann ich das bei diesem Gedankengang ausblenden. So ordinär es sein mag: Wenn ich an die Zukunft denke, denke ich auch an Geld.

Über die Bildsuche finde ich ein historisches Foto, das den Hof um 1930 zeigt. Gemacht hat es der Sohn von Heinrich Basedow, der hieß genauso und war auch Maler. Sein bekanntestes Werk ist offenbar ein Porträt Hitlers, das eindeutig hagiografisch angelegt ist. Das finde ich irgendwie tragisch, also dass ein Lebenswerk auf ein einziges Bild reduziert wird.

Ich klicke mich durch alte Ansichtskarten: Eine zeigt ein Dampfschiff, das im Jahr 1900 bei Lohme havariert ist, eine andere den Hafen, damals nur ein hölzerner Pier. „Fischerdorf Lohme" heißt es dort. Wie unzeitgemäß das heute klingt. Rüganer, die in einem echten Fischerdorf aufgewachsen sind, auch die gibt es bald nicht mehr. Mit jeder Generation, die wegstirbt, vergeht eine ganze Welt. Das finde ich traurig und schön zugleich.

Nach zwei mühseligen Arbeitstagen ist es am Freitag soweit. Ich stehe schon zwei Stunden vor dem Termin auf. Der einzige noch halbwegs passende Anzug liegt schon bereit. Der ist von C&A, aber das sieht man ja hoffentlich nicht. Die Armbanduhr ist etwas besser: eine Seiko, zwar keine Automatik, aber das macht sie auch pflegeleichter. Auf dem Weg zum Flughafen höre ich Klassikradio. *Entspannt durch den Tag* lautet deren Parole. Das gefällt mir, aber entspannen kann ich trotzdem nicht.

Da ich zu früh dran bin, flaniere ich eine halbe Stunde ziellos durchs Terminal. Als ich auf einen Kollegen treffe, erkennt der mich kaum wieder. Tja, Kleider machen Leute, das war schon immer so. Das Gebäude, in das ich muss, kenne ich schon. Die Sekretärin bietet mir einen Kaffee an. Ich lehne dankend ab und hole mir stattdessen Wasser aus einem dieser Spender, die immer so schön gluckern. Ich warte jetzt schon zehn Minuten. Wie ich das hasse. Ich fülle das Plastikbehältnis erneut auf. Durst habe ich nicht, aber mir ist heiß und ich schwitze im Gesicht.

Als ich endlich hereingebeten werde, begrüßt mich ein stämmiger Kerl mit rasierter Glatze. Er will das Gespräch auf Englisch führen. No problem, sage ich. Dann legt er los, wobei sein Englisch so klingt, als sei er nie im Ausland gewesen. Die meisten Fragen, die er stellt, habe ich erwartet: Warum ich mich beworben hätte, wie ich mit Kritik umgehe und ob man von mir absolute Diskretion erwarten könne.

An der einen oder anderen Stelle suche ich nach dem richtigen Wort. Perfekt ist mein Englisch nicht, aber hierfür scheint es zu rei-

chen. Er wechselt ins Deutsche und kommt auf die Zuverlässigkeitsüberprüfung zu sprechen. Die sei ja noch fünfzehn Monate gültig, sagt er, und die Daten vom medizinischen Check lägen ihm auch vor und seien alle in Ordnung. Er müsse mich nur noch einmal darauf hinweisen, dass ich meine „Sehhilfe" stets zu tragen habe, aber das sei ja selbstverständlich. Da fehle also nur noch der Personenbeförderungsschein.
Den habe ich natürlich dabei. Ich schiebe ihn wortlos rüber.
Das sei wirklich hervorragend, sagt er, also dass dieser Kram schon erledigt sei. Den Vorfeldführerschein bräuchte ich zwar auch noch, aber das sei ja reine Formsache.
Er reicht mir ein schmales Handbuch.
Da stehe alles drin, was relevant sei. Der letzte Prüfungstermin des Jahres sei genau in einer Woche, aber den Stoff könne man auch an einem Tag lernen, wenn man nicht auf den Kopf gefallen sei, und das sei ich ja nicht, er gehe also davon aus, dass er mich „zeitnah" einsetzen könne, und er schiebt die Frage hinterher, was ich vom ersten Januar als Einstellungstermin halte.
Das passe, sage ich.
Jetzt quetscht er meine Hand. Das ging wirklich schnell. Er tippt die noch fehlenden Daten sofort ein, mit Zweifingersystem, aber durchaus flink. Über das Gehalt haben wir gar nicht gesprochen, aber das ist hier sowieso nicht verhandelbar. Er reicht mir den Vertrag. Das Papier kommt direkt aus dem Laserdrucker und ist noch warm. Ich lese nur den Teil, wo es ums Geld geht. Das sieht ordentlich aus, deutlich mehr als beim Gepäckdienst. Das war aber klar.
Er bemerkt, dass ich das auch in Ruhe lesen könne.
Aber das will ich gar nicht, also unterzeichne ich das zweifach und die Sache ist geritzt.
Wir verabreden, dass ich den angesprochenen Prüfungstermin wahrnehme und dann am zweiten Januar zur Einarbeitung erscheine. Zum Schluss fragt er mich noch nach meiner Konfektionsgröße. Aber weil ich die gar nicht kenne und das C&A-Jackett jetzt auch nicht ausziehen will, frage ich, ob ich das nachreichen könne.

Er bejaht und gibt mir seine Visitenkarte, ich solle ihm das mailen, auch meine Schuhgröße, und zwar „schnellstmöglich". Das war's dann auch schon. Ich verabschiede mich höflich, er quetscht meine Hand ein zweites Mal, ich nehme meine Sachen, schleiche durchs Vorzimmer und lasse die Humankapitalhöhle hinter mir.

Im Euphorieschub, der nach sowas einsetzt, kommt mir eine großartige Idee. Ich peile die Lufthansa Senator Lounge an. Da wollte ich schon immer mal rein. Das geht natürlich nicht ohne weiteres, aber heute lasse ich es drauf ankommen, ein zulässiges Outfit trage ich immerhin. Die Einlassdame lächelt freundlich und ich lächele freundlich zurück. Ich verweise auf meinen Fraport-Ausweis und behaupte, ich solle dort einen gehbehinderten Kunden treffen, der zum Terminal 2 gebracht werden müsse, ich sei allerdings etwas früh dran, und ich schaue auf die Uhr, um dem prüfenden Blick etwas auszuweichen. Sie zögert und mir ist furchtbar heiß, aber dann lässt sie mich tatsächlich durch.

Nun sitze ich an der Bar, trinke einen Bourbon Sour und labe mich an meiner bloßen Existenz. Scheiße, geht es mir gut. Da habe ich natürlich ein arges Mitteilungsbedürfnis. Ich verfasse eine SMS, die ich in je angepasster Form an meine Mutter, Michael und Kerstin verschicke. Die sollen alle vom neuen Job wissen. Michael antwortet sofort, Hanne nach zehn Minuten und Kerstin gar nicht. Aber das wird sie noch, denke ich. Ich nippe am Drink und verzehre die obligatorische Kirsche, die diese klebrige Konsistenz hat und verdammt süß ist.

Mein Blick schweift durch die Lounge. Hier verkehren tatsächlich nur Alphatiere im Maßanzug. Eigentlich will ich gerade gar nichts machen, aber dann sehe ich diesen Gast, der sich hinter der Süddeutschen verbirgt, wobei es nicht die Person ist, die meine Aufmerksamkeit erregt, sondern die Titelseite. Da prangt nämlich ein Porträt von Werner Groß. Ich beschließe, mir auch eine Zeitung zu holen, die gibt's hier ja gratis.

Ich habe es geahnt. Das darf doch nicht wahr sein. Verdammt, Werner Groß ist tot! Der ist tatsächlich vorgestern gestorben, also nur vier Tage nach unserem Treffen. An „Herzversagen", steht hier. Ich kann das absolut nicht fassen, also nicht nur, dass der so plötzlich gestorben ist, sondern, dass ausgerechnet ich zu den Letzten gehöre, die mit ihm gesprochen haben. Vermutlich hat seine Frau ihn noch lebend angetroffen, aber sicher ist das ja auch nicht. Jetzt ist alles umsonst gewesen. Der hat den Text doch nie und nimmer weitergegeben in der kurzen Zeit. Klar, der war nicht gerade fit, aber dass der vier Tage später stirbt ... Fuck. Fuck. Fuck.

Ich kippe den zweiten Sour und muss fast lachen ob dieser tragischen Fügung. Das glaubt mir doch kein Mensch. Ich winke den Barkeeper heran, um zu zahlen. Aber dann fällt mir wieder ein, dass hier ja alles inklusive ist. Da bestelle ich natürlich noch einen dritten Drink. Das ist dann aber der letzte, sonst wird's auffällig. Als ich mich schließlich erhebe, spüre ich den Alkohol wie sau. Wie ein angeschlagener Boxer taumele ich an der Dame von der Eingangskontrolle vorbei. Die schaut natürlich etwas irritiert, aber das ist mir gerade völlig egal.

Die vielen Leute, die durchs Terminal mäandern, kommen mir vor wie Zombies. Am liebsten würde ich jetzt in einen Flieger steigen und die Feiertage in einem All-Inclusive-Ressort verbringen. Das sage ich natürlich nur so daher, denn selbst wenn mein Kontostand es zuließe, gäbe es viele Gründe, die dagegen sprächen. Ich fahre also einfach zurück, stopfe mir zwei Leberwurstbrote rein und schlafe den Rausch aus.

Am Abend hat Kerstin immer noch nicht geantwortet, aber das ist gerade das geringere Übel. Ich will nicht einsehen, dass mein Skript jetzt einfach ignoriert wird. Ich könnte zwar versuchen, die Vogel zu kontaktieren, aber die hat jetzt natürlich weder Zeit noch Nerven für sowas. Selbst mit den Fotos könnte ich da nichts erreichen. Das wäre auch extrem pietätlos. Die tut mir nämlich schon etwas leid, insbesondere weil sie jetzt jahrelang die Nachlassverwalterin spielen muss, ob sie nun will oder nicht. Ich verfasse dann doch was. Da bin ich überaus höflich, kondoliere brav und erwähne meinen Besuch sowie das hinterlegte Skript. Die Mail schicke ich an die Uniadresse. Leider wird sofort eine Bounce Message retourniert, weil der Speicherplatz ausgeschöpft ist. Da sind natürlich hunderte Nachrichten aufgelaufen. Das war ja klar. So bleibt nur der Postweg, aber dafür bin ich gerade zu faul.

Am Sonntag ist Heiligabend. Bei uns war das in den letzten Jahren eher eine Trauerveranstaltung. Ich werde morgen Geschenke besorgen müssen. Den Rummel in den Geschäften meide ich üblicherweise, indem ich online Bestelltes nach Kassel schicken lasse. Aber das ist jetzt selbst mit Prime zu knapp. Ist auch besser fürs Karma. Manchmal lässt sich widersprüchliches Tun nicht vermeiden, aber auf Amazon verzichte ich gerne. In der Vergangenheit wurde da vielleicht bloß das Kaufverhalten analysiert, aber heute ist so viel mehr möglich. Konsumenten, die sich diese Echo-Box ins Haus holen, entblößen sich schließlich völlig, und zwar freiwillig.

Alexa, was sagt mein Kalender? Alexa, spiele Kuschelrock! Alexa, das Durex Intimgel ist aus!

Wenn das schon die Gegenwart ist, was ist dann die Zukunft? Eine Alexa mit Humanoidkörper und gewissen Extra-Skills? Oder doch eher die Hologramm-Alexa?

Ich zucke zusammen, weil mein Handy vibriert. Kerstin ruft an. Ich warte ein paar Sekunden, dann gehe ich ran. Sie gratuliert mir zum Job und entschuldigt sich, dass sie sich noch gar nicht gemeldet habe, sie sei mittlerweile in Greifswald und stecke im üblichen Vorweihnachtsstress.

Ich behaupte, dass das bei mir nicht anders sei. Ob sie schon davon gehört habe, frage ich.

Hat sie nicht.

Doch, sage ich, er sei gestorben, zwei Tage nach meiner Abreise, die Medien seien voll davon.

Dann sprechen wir über das Gefühl, das immer dann eintritt, wenn man jemanden noch munter erlebt hat, also vor dem plötzlichen Tod.

Ich frage schließlich, wie das mit einem Treffen aussehe, also zwischen den Jahren. Aber da weicht sie aus. Sie habe schon verwandtschaftliche Verpflichtungen und so weiter. Wir quatschen noch ein paar Minuten belanglos daher und ich fühle mich gar nicht gut, weil mir klar wird, dass sie nur angerufen hat, um kein schlechtes Gewissen haben zu müssen.

2.13

Sonntagmittag, Regional-Express nach Kassel: Der Doppelstockzug ist so voll, dass die Leute in den Gängen stehen. Ich hocke mit einer bunt gemischten Migrantengruppe zusammen. Wir teilen uns ein Hessenticket. Da können fünf Personen drauf fahren. Der Afghane, der das Geld kassiert hat, pendelt die Strecke hin und her. So macht der locker hundert Euro am Tag. Aber länger als ein paar Monate hält keiner durch. Irgendwann kennt die Polizei die Gesichter. Ich fahre eigentlich immer mit Schleppern. Die warten am Zugang zum Gleis und sprechen jeden an, der sich dem Fahrscheinautomaten nähert. Untereinander stehen die natürlich in Konkurrenz. Das drückt den Preis. Mehr als acht Euro bezahle ich nie.

Ich schiebe die Kopfhörer rein, weil ich echt keine Lust habe, in Gespräche verwickelt zu werden. Mir gegenüber sitzt eine junge Frau, von der ich glaube, dass sie Türkin ist. Sie zieht ein verpacktes Geschenk aus einer Primark-Tüte und versieht es mit einem Namensschild. Heute, am inoffiziellen Hochfest des Mammons, beschenken sich tatsächlich alle. Wenn ich gläubig wäre, würde ich mich schämen ob dieser Profanität.

In Kassel-Wilhelmshöhe steige ich aus. Das Surren dutzender Koffer, die den barrierefreien Aufgang hochgezogen werden, fasziniert mich jedes Mal. Ich steuere Richtung Westausgang. Der nachtblaue Golf steht schon in der Haltezone. Meine Mutter steigt behände aus und drückt mich. Ich freue mich wirklich, sie zu sehen.

Bei Dezemberdämmerlicht fahren wir die Druseltalstraße hoch, hin zur Peripherie der Stadt. Ich kenne jedes Detail der Strecke, das wirkt beruhigend.

Sie fragt, ob ich später mit in die Kirche komme.

Das möchte ich eigentlich nicht, aber ich willige trotzdem ein.

Zu Hause ist schon alles vorbereitet. Es riecht nach Schmorbraten, der Baum ist geschmückt und das Bett in meinem Zimmer frisch bezogen. Ich ziehe mich um und lege mein Geschenk unter die Tanne, die seit der Trennung nur noch schulterhoch ausfällt.

Meinen Vater werde ich erst morgen sehen. Er hat vorgeschlagen, in ein Restaurant zu gehen, und weil er gedenkt, seine Theresa mitzubringen, wird sich meine Mutter hüten, da mitzukommen. Traurig, dass es so weit kommen musste.

Ich gehe an den Kühlschrank und nehme mir ein Bier. Veltins, perfekt! Während Mutti sich fertig macht, leere ich anderthalb Flaschen und blättere in der HNA, das ist Zeitung hier, die ich tatsächlich ganz gerne lese.

Die Kirche ist super voll. Nur in die erste Reihe will sich keiner setzen. Der Pfarrer hat ein Dauerlächeln aufgesetzt, sein Haus ist ja nur einmal im Jahr ausgebucht, da muss man positive Vibes verbreiten. Den kenne ich übrigens gut, schließlich hat er mich konfirmiert. Mittlerweile dürfte er kurz vor der Pensionierung stehen. Ich wette, dass er sich an mich erinnert, nicht zuletzt wegen dieses „Zwischenfalls" auf der Konfirmandenfahrt.

Seine Predigt ist einfach, vom Niveau her Hauptschule, würde ich sagen. Aber das kann ich ihm nicht anlasten, schließlich liegt das Hartz 4-Viertel Helleböhn im Einzugsgebiet. Manche wissen nicht einmal, was es mit der Dreifaltigkeit auf sich hat, und ich bezweifle, dass alle das Vaterunser beherrschen. Wenn ich genauer drüber nachdenke, verstehe ich aber doch nicht, warum hier in Schafsprache gepredigt wird. Gerade Jesus hat ja in Gleichnissen gesprochen, die nicht auf Anhieb verstanden wurden. Nur so kann schließlich ein Moment der Erweckung erzeugt werden: Wenn man erst nicht versteht, dann meint zu verstehen, bis sich andeutet, dass das rational gar nicht voll erfasst werden kann. Wie auch immer, das, was heutzutage verkündet wird, ist sowieso nur ein dünner Aufguss. Die institutionalisierte Version deutscher Protestanten ist dermaßen gezähmt und harmlos, dass man kotzen möchte. Nix mit Endgericht, nix mit Heulen und Zähneklappern, sondern Vergebung für alles und jeden.

Immerhin, die Stimmung ist festlich und ein paar bekannte Gesichter sehe ich auch. Beim Vaterunser spreche ich ungeniert mit, das ist mir gar nicht unangenehm, ich bin ja nicht der einzige, für den das ein bloßes Lippenbekenntnis ist. Allerdings hätte ich das Amen fast gerülpst, Luther-Ritus sozusagen. Die Kollekte geht an *Brot für die Welt*. Ich will da eigentlich nichts geben, weil ich glaube, dass das dauerhaft überhaupt nichts bringt. Aber Hanne drückt mir einen

Zehner in die Hand, der wird da natürlich artig reingeworfen. Der Pfarrer schüttelt mir die Hand. Hanns heißt der, aber mit Nachnamen. Gesegnetes Fest, sagt er, und schön, dass ich hier sei. Zum Glück muss er noch andere Hände abarbeiten. Ich schätze es ja, dass er mich erkannt hat, aber über meinen Status Quo wollte ich dann doch nicht mit ihm sprechen.

Ich rauche erst mal, während meine Mutter mit einer Bekannten nach der anderen quatscht. Dann steht auf einmal Julia vor mir. Mit „Julchen" war ich zusammen auf der Schule, erst auf der Grundschule, dann auf dem Gymnasium, bis sie irgendwann gewechselt ist, wegen schwacher Noten. Die ist irgendwie krass gealtert. Als sie mir von ihren drei Kindern erzählt, weiß ich auch warum. Ich versuche, mich kurz zu fassen, das gelingt mir gut. Stattdessen reden wir über andere Klassenkameraden. Ich kann da nicht viel beisteuern. Aber sie schon, schließlich lebt sie hier, da läuft man sich zwangsläufig hin und wieder über den Weg.

Daheim ist Bescherung. Ich habe Hanne eine günstige Unterwasserkamera gekauft. Sie fotografiert viel und gerne. Ich erkläre, dass sie damit nicht zwangsläufig unter Wasser fotografieren müsse, sondern auch Bilder von Wellen oder so machen könne.

Sie sagt, es sei ein tolles Geschenk, und sie schlägt dann auch gleich vor, dass man im Sommer gemeinsam nach Borkum fahren könne, so wie früher.

Da habe ich überhaupt kein Interesse dran, also schweige ich besser.

Ich bekomme zwei Geschenke: ein Buch über das „geheime Leben der Bäume" und braune Lederhandschuhe. Die sind echt hochwertig und passen tun sie auch. Sie ist ganz glücklich darüber, dass sie mir gefallen.

Aus Tradition singen wir ein paar Weihnachtslieder: *O du fröhliche*, *Maria durch ein Dornwald ging* und *O Tannenbaum*. Früher hat mein Vater das mit Klavier begleitet. Das Teil steht noch hier, ein Rönisch mit Renner-Mechanik. Da habe ich auch drauf geübt. Ich hatte jahrelang Unterricht. Aber diese Fertigkeit habe ich verkümmern lassen, und ich bereue das auch nicht, denn so richtig angefixt hat mich das nie.

Das Essen ist so mittel. Der Braten ist etwas trocken, aber okay. Was mich stört, ist die Soße. Da ist zu viel Thymian dran. Also lasse ich die weg und trinke nebenher ein Bier nach dem anderen. Hanne scheint auch gar nichts dagegen zu haben. Sie ist froh, dass ich hier bin. Ich erzähle, dass ich auf Rügen war, also um ein paar Tage auszuspannen. Die eigentlichen Vorkommnisse verschweige ich natürlich. Das würde sie auch nicht verstehen.

Auf ihre Frage hin lege ich die Eckdaten des zukünftigen Jobs dar. Aber sie kauft mir nicht ab, dass das etwas sei, das ich gerne machen würde. Ich könne als Akademiker doch nicht als besserer Taxifahrer enden. Jetzt überlegt sie laut, ob ein Job in der Erwachsenenbildung nicht vielleicht etwas für mich sei, da gebe es doch bestimmt Möglichkeiten. Ich solle darüber bitte mal mit meinem Vater sprechen.

Das werde ich natürlich nicht tun.

Ich schlage schließlich vor, eine Partie Schach zu spielen. Das machen wir dann auch, aber sie ist wirklich schlecht, so schlecht, dass es keinen Spaß macht. Na ja, sie war ja noch nie gut. Ich habe als Kind meistens gegen meinen Vater gespielt. Der war mal Vereinsspieler und hat mich regelmäßig gedemütigt, aber er hat mir natürlich auch einiges beigebracht.

Nach zwei Partien hören wir auf. Wir unterhalten uns über Lavalampen, Elterninitiativen und Grabdeko. Und irgendwie kommt mir das heute gar nicht trostlos vor, sondern ich bin irgendwie glücklich. Als ich schließlich im Bett liege, fühlt sich das wie früher an, und noch während ich das denke, schlafe ich ein.

Am nächsten Morgen habe ich Kopfschmerzen. Ich will eigentlich gar nicht aufstehen, aber Hanne hat Frühstück gemacht. Ich esse zwei Eier, Butterbrote und ahle Wurst. Danach fahren wir hoch in den Habichtswald. Dort liegt sogar etwas Schnee. Ich mag Winterspaziergänge. Wir laufen gemütlich vom Hohen Gras zum Herbsthäuschen. Dort kehren wir ein, trinken Glühwein und amüsieren uns darüber, dass ein paar Jugendliche den matschigen Abhang runterrutschen. Na ja, das hätte ich als Kind auch so gemacht.

Am Abend holt mich mein Vater ab. Theresa hat sich schick gemacht. Ich mache ein Kompliment, um das Eis zu brechen. Sie fragt ernsthaft, ob ich zugenommen habe. Das ignoriere ich mal. Wie fahren in ein italienisches Restaurant, das für nordhessische Verhältnisse richtig teuer ist. Da sich Theresa bereit erklärt hat zu fahren, zechen Vater und Sohn umso mehr. Barolo, knapp sechzig Euro die Flasche, schließlich ist Weihnachten. Ich habe meinem Vater ein Schweizer Taschenmesser gekauft, weil ich weiß, dass er seins im vergangenen Sommer in dieser griechischen Lagune versenkt hat. Mesolongi heißt die, glaube ich.

Er freut sich. Er habe tatsächlich noch keinen Ersatz und das Modell „Ranger" sei ja legendär, es habe sogar eine Metallsäge. Die klappt er natürlich demonstrativ auf.

Theresa ist unbeeindruckt. Wozu brauche man bitte eine Metallsäge?

Irgendwie hat sie ja recht. Trotzdem verweise ich auf diesen Film, wo ein Bergsteiger sehr unglücklich mit dem Arm unter einem Felsbrocken steckenbleibt.

Sie schaut mich fragend an.

Eine Metallsäge sei eben auch eine gute Knochensäge, ergänze ich.

Das findet sie gar nicht lustig.

Ich bekomme einen Herrenduft von Chanel. Das Zeug hat natürlich Theresa ausgesucht. Ich benutze eigentlich nie Parfüm, insofern ist das ein ziemlich sinnloses Geschenk. Aber die beiden erinnern mich daran, dass ich bald Reiche und Berühmte chauffieren werde, da sei ein dezentes „Parfum" ja obligatorisch. Die Nachricht hat sich also schon verbreitet.

Jetzt lässt Theresa ihre Vorspeise zurückgehen, weil da Petersilie dran sei, auf die reagiere sie allergisch.

Ich sehe da zwei, drei Blättchen Petersilie. Ein normaler Mensch würde das einfach beiseitelegen. Das ist so typisch.

Obwohl sie keiner danach gefragt hat, erzählt sie nun von ihrer „Forschung": Nahrungsmittel in der niederländischen Malerei des 17. Jahrhunderts. Kulturgeschichtlich sei das überaus interessant, nur so ließen sich irgendwelche Transformationsprozesse verstehen. Bla bla bla. Mein Vater tut natürlich so, als sei das super interessant, vielleicht muss er sogar nicht mal so tun. Aber das soll den Abend nicht abwerten. Eigentlich amüsiere ich mich ganz gut, und das Risotto Gamberi passt auch und der Wein sowieso.

Ich frage nach Reiseplänen. Das ist natürlich ein Volltreffer.

Theresa berichtet von einem geplanten Kurztrip nach New York: MoMA, Metropolitan, Guggenheim, also diese Museen müsse man ja gesehen haben.

Mittlerweile sind wir beim Dessert. Crostata al limone, eine Art Zitronentarte, echt lecker. Mein Vater fragt mich nach meinen Langzeitplänen. Das war ja klar. Vermutlich hat er sich mit Hanne abgestimmt. Also behaupte ich, dass mir Geld gar nicht so wichtig sei, und wechsele abrupt das Thema, indem ich die These aufstelle, dass die Menschheit irgendwann von einer künstlichen Intelligenz ausgelöscht werde.

Die beiden schauen etwas ratlos drein. Ich füge hinzu, dass die KI ihren Schöpfern nicht einmal feindlich gesonnen sein müsse, es reiche aus, wenn sie zu dem validen Schluss käme, dass das Vermeiden von Leid relevanter als das Maximieren von Lust sei.

Das versteht Theresa natürlich nicht, aber Daddy schnallt es sofort.

Er doziert, dass die Auslöschung dann die Ultima Ratio sei, weil kein Wesen je an seiner Nicht-Existenz gelitten habe.

Richtig, sage ich, es wäre eine gutgemeinte Auslöschung.

Theresa lacht, wir hätten Ideen, das sei doch kein Szenario, das man ernst nehmen könne.

Das sei durchaus ernst gemeint, entgegne ich, sowas könne ja nicht ausgeschlossen werden. Oder habe sie etwa ein Argument dafür, dass das unmöglich sei?

Ja, habe sie, Maschinen hätten ja weder Seele noch Bewusstsein.

Ich pruste den Barolo auf die Tischdecke, entschuldige mich aber sofort dafür. Mein Vater wirft mir einen bedeutungsvollen Blick zu. Er weiß genau, dass ich sie für unfähig halte. Also lasse ich ihre Annahme so stehen und beschränke mich auf die Frage, was eine Seele denn eigentlich ausmache. Die Seele sei das, was uns lebendig macht, sagt sie, und zwar wörtlich. Ich finde das als spontane Antwort gar nicht so schlecht. Ich hebe mein Glas und höre mich sagen, dass wir auf genau das trinken mögen. Ich befürchte, jetzt fühlt sie sich verarscht, aber anmerken lässt sie sich nichts. Irgendwie mag ich sie ja doch, und je mehr ich trinke, desto stärker wird dieser Eindruck. Der Abend ist ja längst nicht vorbei. Wir gehen später noch ins Fiasko in der Schönfelder Straße, um Billard zu spielen und zweitklassigen Live-Jazz zu hören. Als ich gegen eins heimgefahren werde, bin ich ganz selig und bedanke mich bei den beiden für den Abend, der tatsächlich so schlecht nicht war.

2.14

Am zweiten Weihnachtstag versuche ich Kerstin anzurufen. Sie hebt nicht ab und meldet sich auch nicht zurück. Das ärgert mich stundenlang und ich will ihr jetzt wenigstens schreiben. Ich setze mich also an den Laptop meiner Mutter. Kennwort „Tulpe", sehr kreativ. Das Teil ist super langsam. Da läuft noch Windows 7 drauf. Außerdem produziert Avira Warnmeldungen und im Browser öffnet sich eine nervige Toolbar. Diesen Unsinn behebe ich erst mal. So viel Zeit muss sein.

Michael hat geschrieben. Er fragt, was ich an Silvester mache. Eigentlich habe ich gar keine Lust auf Silvester, aber allein will ich den Jahreswechsel auch nicht verbringen. Das habe ich nämlich schon mal gemacht. Da habe ich um zwölf ein paar Böller vom Balkon geworfen, während alle anderen im Haus gefeiert haben. Das war unfassbar frustrierend. Also sage ich ihm jetzt zu. Vermutlich landen wir sowieso wieder im Final Destination, so wie die beiden letzten Jahre auch.

Für die Mail an Kerstin nehme ich mir Zeit: Fragen nach ihrem Befinden, eine positive Beschreibung der letzten Tage, ja sogar den Gottesdienst erwähne ich. Aber dass ich sie vermisse, schreibe ich nicht, obwohl ich sie natürlich sehr vermisse. Stattdessen hänge ich ein Foto an, das ich nur für diesen Zweck gemacht habe: der mit Kerzen erleuchtete Baum mit Strohsternspitze. Nachdem ich das abgeschickt habe, fühle ich mich besser. Ich befürchte zwar, dass das nichts ändern wird, aber ich kann mir immerhin sagen, dass ich was versucht habe.

Meine Mutter ist gerade bei einer Nachbarin. Ich lege mich aufs Sofa und blättere in dem Buch, das Groß mir gegeben hat, aber ganz behutsam, schließlich ist die Widmung auf vier Tage vor Exitus datiert, sowas hat niemand!

Die Gedichte sind im typischen Duktus gehalten, zumindest bilde ich mir das ein, denn eigentlich kenne ich nur zwei, drei Sachen seiner lyrischen Erzeugnisse. Gleich zu Beginn warnt er vor dem strengen Geruch, der sein Schreiben begleite, schließlich verwende er schwarze Tintenfischtinte, die über die Zeit sämig vergoren sei. Auf pseudo-materielle Komponenten künstlerischen Schaffens verweist er gerne. Ich blättere weiter. Die Hälfte des Buchs füllen Zeichnungen. Sie zeigen fauliges Obst, vertrocknete Froschleichen und auch eine totgefahrene Hauskatze. Am besten gefällt mir die Skizze eines Aschenbechers, der randvoll ist mit abgebrannten Streichhölzern. Das kenne ich ja realiter von ihm. Ein Gedicht über die traurige Schönheit taumelnder Blätter steht am Schluss. Es endet mit der Zeile *und über allem wabert des Herbstes Mundgeruch*. Das gefällt mir. Gleichzeitig wird überdeutlich, dass Groß seinen baldigen Tod vorausahnte. Immerhin ist das Buch noch fertig geworden, insofern war das Timing gar nicht so schlecht. Der gebildete Leser kann jetzt noch mal richtig schön abgemolken werden.

Während ich das Buch vorsichtig wegpacke, um es vor meiner Mutter zu verbergen, erinnere ich mich wieder daran, dass Ted Kaczynski durch seinen Schreibstil aufgeflogen ist. Ich möchte behaupten, dass mir das nicht passieren kann. Aber ganz sicher bin ich mir nicht. Vielleicht gibt es ja Signalworte, deren übermäßige Verwendung mir gar nicht auffällt? Thomas Bernhard hielt sein „naturgemäß" schließlich auch für allgemein gebräuchlich. Ich beschließe, diesen Gedanken nicht zu vergessen und frage Hanne später danach.

Sie behauptet, ich würde gerne „extrem" oder „absolut" sagen. Das habe ich von meinem Vater, der mache das auch.

Das sei absolut nicht wahr, entgegne ich, aber sie lacht überhaupt nicht. Irgendwie hat sie keinen Sinn für Witze dieser Art.

Am Abend kochen wir gemeinsam. Es gibt ein typisches Kasseler Gericht, das ich früher echt gerne gegessen habe. Weckewerk. Das ist nichts anderes als durch den Fleischwolf gedrehte Speckschwarte, die mit Brötchen und Zwiebeln vermischt und dann gebraten wird. Als Beilagen gibt es Salzkartoffeln und Feldsalat mit Schmandsoße. Schon während des Essens ahne ich, dass mir das nicht bekommt. Überfettige Speisen wirken bei mir abführend. Ich behalte das für mich, weil sie sonst sagt, ich solle zum Arzt gehen, obwohl ich da natürlich längst war. Von meiner Medikation weiß sie übrigens. Ich hatte sie damals dazu angehalten, meinem Vater nichts davon zu erzählen. Ich glaube, sie hat sich auch dran gehalten.

Nach dem Tatort packe ich lustlos mein Zeug zusammen. Ein kalter Halbmond steht am Himmel als ich kurz nach zehn in den Wagen steige und mich zum Bahnhof fahren lasse.

Hanne fragt natürlich, wann ich das nächste Mal komme. Spätestens an ihrem Geburtstag, verspreche ich. Das ist so in zwei Monaten.

Sie drückt mich fest und wünscht mir einen guten Einstand und viel Freude mit Michael, also an Silvester.

Der ICE, den ich mir heute gönne, ist tatsächlich pünktlich. Ich steige erschöpft ein und suche mir einen Platz im Abteil. Ich bevorzuge immer Abteil vor Großraum. Zu dieser Zeit ist der Zug trotz Rückreisetag nicht voll ausgelastet und das Kleinkindabteil sogar unbesetzt. Ich lehne mich dankbar zurück und lausche dem Rauschen, das die Nachtfahrt begleitet.

Am nächsten Tag ist Mittwoch. Da beim Gepäckdienst die Siebentagewoche gilt, ist es für die meisten Kollegen egal, ob die Feiertage auf ein Wochenende fallen oder nicht. Ich musste in der Vergangenheit selten Feiertagsdienste schieben. Einige Vollzeitler reißen sich wegen der Zuschläge drum. Ich konnte mir da nie was aussuchen. Teilzeit- und Leihkräfte werden ja genau dafür eingestellt, also um Lücken im Dienstplan zu füllen. Die Leiharbeiter verdienen übrigens nur etwas mehr als Mindestlohn, obwohl die natürlich exakt die gleiche Arbeit verrichten.

Heute ist meine letzte Schicht. Ursprünglich wollte ich die schwänzen oder zwei Tage nach hinten schieben, aber da ich von Kerstin nichts gehört habe, erübrigt sich das. Im Wissen, dass es das letzte Mal sein wird, fällt mir das Aufstehen leicht. Als ich zur S-Bahn hetze, lege ich mich fast hin. Es hatte Frost und jetzt regnet es. Ich muss aufpassen, dass ich nicht krank werde. Im Zug wird natürlich gehustet und geschnäuzt. Das gefällt mir gar nicht. Ich versuche, nicht weiter darauf zu achten, aber ein Asiate, der da sitzt, zieht die Rotze einfach nur hoch, das ekelt mich dermaßen an, wie soll man das bitte ignorieren?

Ausgerechnet heute werde ich zum ersten Mal für den Bereich C im Terminal 1 eingeteilt. Dort befindet sich eine eigens für die israelische Fluglinie El Al eingerichtete Sicherheitszone, in der ausnahmslos alle Gepäckstücke geöffnet und per Hand durchsucht werden. Das übernehmen natürlich geschulte Leute von El Al. Ich bin nur dort, um die geprüften Koffer in Container zu hieven. Das mache ich gemeinsam mit zwei Kollegen. Vorher wurden wir streng durchsucht, obwohl wir die reguläre Schleuse ja schon hinter uns hatten. Unverhältnismäßig finde ich das Prozedere eigentlich nicht. Angesichts des Hasses, den Teile der islamischen Welt gegen Juden hegen, ist das gerechtfertigt. Die Opferrolle wollen die nie wieder einnehmen. Ich kann daher auch das harte Vorgehen in den Autonomiegebieten nachvollziehen, wenngleich das den Konflikt nur verschärft, aber der ist mit einer Hamas ohnehin nicht lösbar. Vielleicht ist meine Pro-Israel-Haltung auch der Tatsache geschuldet, dass mein Großvater mütterlicherseits jüdische Vorfahren hatte. Er hat Nazi-Deutschland überlebt, weil er bloß „Vierteljude" war, andernfalls hätte er meine „deutschblütige" Oma auch gar nicht ehelichen dürfen. Ich habe ihn nur dunkel in Erinnerung. Er starb als ich sieben war. Später habe ich seine Briefmarkensammlung bekommen, und zeitweilig habe ich mich sogar dafür interessiert. Vor einigen Jahren habe ich die Sammlung dann verkauft und bin von dem Erlös nach Thailand geflogen. Der dazugehörige Reisebericht trug den Titel *Ein Philatelist in Übersee*. Ich habe ihn allerdings nie zu Ende geschrieben.

Bei einem Gegenstand hat der Sprengstoffdetektor angeschlagen, jetzt muss ein Experte hinzugezogen werden. Das dauert. In 99,99 Prozent aller Fälle ist das natürlich ein Fehlalarm, der bloß für Verzögerung sorgt. Mir ist das Recht. Ich sitze mit den Kollegen im Container und beobachte die Situation. Aber weil da nichts passiert, denke ich an Kerstin. Erst nach einer halben Stunde geht es weiter. Eigentlich schade, dass nichts gefunden wurde, das hätte mich auf andere Gedanken gebracht.

Nach dem Ende der Schicht räume ich meinen Spind und gehe ins Verwaltungsgebäude. Dort liefere ich meine Dienstkleidung ab.

Die ist sichtbar abgenutzt. Außer dem schwarzen Ledergürtel geht vermutlich alles in den Müll. Die Sekretärin gibt mir wortlos die Entlassungspapiere. Auf ihrem Bildschirm kann die natürlich sehen, dass ich Fraport erhalten bleibe. Aber das ist ihr natürlich völlig egal. Gegen vier bin ich zurück. Eigentlich will ich schlafen, aber irgendwie bin ich extrem aufgedreht. Ich mache mir Kamillentee und schaue Nachrichten. Salman Rushdie ist tot, abgeknallt nach einer Lesung in London. War ja klar, dass die den irgendwann erwischen. Trotzdem denke ich schon wieder an Kerstin. Ich befürchte, dass die sich gar nicht mehr melden wird. Aber davon werde ich mich nicht runterziehen lassen. Bisher nehme ich täglich zweimal zwanzig Milligramm Paroxitam, da sollten sechzig schon okay sein, denke ich. Die Tabletten haben eine Sollbruchstelle, lassen sich also gut teilen, und Vorrat ist reichlich vorhanden.

    Am Abend verschicke ich die Mail an die Vogel ein zweites Mal. Ich erhalte keine Bounce Reply, ihr Postfach ist wieder frei, gleichwohl ist mir eine Antwort nicht mehr so wichtig. Ich bin zu dem Schluss gekommen, dass es zweckmäßiger wäre, den Text auf Englisch zu veröffentlichen. Dazu wäre auch nicht zwingend ein Verlag nötig. Schließlich kann sowas auch bei Reddit platziert werden. Da gibt es ja für nahezu jede Thematik ein Publikum. Ich denke, ich werde den Text automatisch übersetzen lassen und dann Satz für Satz nachbessern. Ich wette, dass ich das so in zwei, drei Wochen schaffen kann.

Den Donnerstag verbringe ich damit, mich auf die Prüfung vorzubereiten. Das Handbuch ist in einfacher Sprache gehalten und besteht zu großen Teilen aus Grafiken, die mögliche Gefahrensituationen veranschaulichen. Die wichtigste Regel ist natürlich die, dass Flugzeuge stets Vorfahrt haben. „Stopp bei Rollverkehr" heißt das in Kurzform. Auch die meisten anderen Dinge verstehen sich mehr oder weniger von selbst: Zum Beispiel Sicherheitsabstände zu Strahltriebwerken. In der Brennkammer einer Turbine können schließlich Temperaturen von zweitausend Grad herrschen. Wenn man sich dann ungeschützt näherte, würde man gebrutzelt werden wie ein

Brathähnchen. Da das Vorfeld von einer ganzen Armee beackert wird, passieren solche Tragödien leider immer mal wieder. Es gibt tatsächlich einen zentralen Aushang, um an die Kollegen zu erinnern, die in den letzten Jahren bei Arbeitsunfällen gestorben sind. Insofern sehe ich ein, warum jede Aktion im Feld von vorne bis hinten reglementiert ist. Über die Höchstgeschwindigkeit von 30 km/h ärgere ich mich trotzdem. Es gibt zwar Fahrzeuge mit Sonderrechten, aber der VIP-Fahrdienst gehört natürlich nicht dazu.

Als ich am nächsten Vormittag zum Flughafen fahre, bin ich guter Dinge. Ich zweifele nicht, ich schwitze nicht und ruhe geradezu in mir selbst. So kenne ich mich eigentlich nicht vor einer Prüfung. Wie auch immer. Gebäude 501 liegt in der Cargo City Süd. Ich lasse mich mit dem Personalbus hinfahren. Gerade noch pünktlich betrete ich den ausgeschriebenen Raum und stelle fest, dass die anwesenden Prüflinge ohne Ausnahme männlich sind. Der theoretische Teil dauert dreißig Minuten, ein Multiple-Choice-Test. Gekreuzt wird auf Tablets. Die Auswertung ist mit einem Klick erledigt. Alle Teilnehmer haben bestanden, vier haben alles richtig. Ich bin nicht darunter. Egal. Nachdem mich der Prüfer über zwei falsche Antworten aufgeklärt hat, werde ich in die Mittagspause entlassen. Danach trete ich zum praktischen Teil an. Etwas nervös bin ich nun doch, aber als ich dann hinterm Steuer sitze und die erste Maschine vorbildlich passieren lasse, legt sich das rasch. Wir halten uns Richtung Norden, fahren einmal das Terminal 2 ab und gurken auf dem Rückweg noch ein bisschen im General-Aviation-Bereich rum. Auf die Rollbahnen geht es natürlich nicht, dafür bedarf es einer Extraausbildung. Nach weniger als vierzig Minuten sind wir wieder in der Cargo City. Der Prüfer ist zufrieden, außerdem will er Feierabend machen, glaube ich. Eilig füllt er einen Wisch aus, übergibt mir das Original und behält den Durchschlag für sich. Damit muss ich jetzt zur Personalabteilung und dann wird mir da ein F auf den Vorfeldausweis gedruckt, F für Fahrberechtigung, aber im Vorfeld sagen sie auch gerne F für Ficken.

2.15

Vorfreude. Ich habe China-Böller, Zigaretten und eine Flasche Aldi-Champagner gekauft. Bevor ich losgehe, lege ich die abendliche Dosis Paroxitam sowie zwei Ritalin-Tabletten in ein kleines Behältnis, das sich am Schlüsselbund mitführen lässt. Einen Spritzer Chanel trage ich auch auf, jetzt, wo ich das Zeug schon habe.

Bei Michael zocken wir Mario Kart und trinken Dosenbier. Der hat sich einen Super Nintendo Mini mit fest installierten Games gekauft. Mario Kart beherrsche ich noch, schließlich war ich mal süchtig nach sowas. Erst mit siebzehn hat sich das endgültig gelegt. Als ich nämlich durch demütiges Lesen diverser Hesse-Romane mit dem Dichter-und-Denker-Virus infiziert wurde. Fortan war Schach das einzige Spiel, für das ich Interesse aufbrachte, alles andere war profan, ja reine Zeitverschwendung, schließlich galt es, die Welt durch geistige Schaffenskraft zu bewältigen. Gesund war dieser Anspruch natürlich nicht. Ich wäre längst Game Over, besäße ich nicht eine gewisse Leidensfähigkeit.

Michael ist gut gelaunt. Er erzählt stolz von seinen Krypto-Investments. Er habe dieses Jahr rund zwanzigtausend Euro gemacht, alles an der Steuer vorbei natürlich. Jetzt ärgere ich mich, weil ich natürlich wie immer die verpasste Chance sehe. Eine kleine Bitcoin-Summe habe ich zwar noch übrig, aber wenn sich Sandkörner duplizieren, hat man ja längst keinen Strand, und jetzt einzusteigen, wäre mir zu heikel. Das mache ich erst, wenn sich der Kurs konsolidiert hat, also vielleicht.

Meine Blase schmerzt gerade tierisch, aber ich muss noch zwei Runden durchhalten. Jetzt habe ich einen Turbo-Pilz, ramme Luigi von der Fahrbahn und gehe als erster in die letzte Runde. Die kündigt sich dadurch an, dass die Musik schneller wird. Nur noch eine Kurve, bis ich durch bin. Aber dann liegt da eine Bananenschale. Ich fahre voll rein und Michael überholt mich auf der Zielgeraden. So eine Kacke.

Um zwölf öffnen wir den Champagner und gehen raus. Es ist so diesig, dass man das Feuerwerk kaum sehen kann. Ich zünde einen C-Böller an und halte ihn so lange in der Hand, dass er nach Abwurf im Flug explodiert. Nach zehn Minuten habe ich alles abgefeuert. Ich nehme Michael die Flasche ab. Das Zeug schmeckt wie gewöhnlicher Sekt, aber das ist egal, hier geht es um den Rausch. Ich biete ihm eine Ritalin-Tablette an, aber er will die nicht, im Gegenteil, er empört sich. Also zerbeiße ich beide Pillen und spüle sie mit Schampus runter.

Während der Fahrt nach Frankfurt erbricht sich ein Jugendlicher in die S-Bahn. Die Menge johlt. Man kann das alljährliche Kollektivbesäufnis lieben und hassen. Ich liebe es gerade. An der Konsti steigen wir aus. Michael will plötzlich nicht mehr ins Final Destination, ihm sei eine Kneipe ja viel lieber, das letzte Mal habe er im „Final" nämlich einen Tinnitus bekommen. Das ist natürlich eine Ausrede, das weiß ich. Er ist manchmal eine furchtbare Spaßbremse. Ich bitte ihn also inständig um Beibehaltung des Plans und füge noch hinzu, dass mein Sex Drive gerade am Anschlag sei. Schließlich willigt er ein. Ein Nein hätte ich am Abschlepptag des Jahres auch nicht akzeptiert.

Wir setzen uns an die Bar. Vom Main Floor dröhnt *Raining Blood* von Slayer rüber. Die spielen da heute die üblichen Klassiker. Ich trinke Jack Daniel's Cola. Die haben hier keinen anständigen Whisky. Das würde auch nicht zum Ambiente passen. Michael trinkt Gin Tonic. Ich meide Gin. Das ist eine Spirituose, mit der ich nichts mehr zu tun haben will. Ich schaue mich um und zähle die Master-of-Puppets-T-Shirts. Drei auf Anhieb. Metallica ist sowas von 80er, aber beim Merch sind die immer noch ganz vorne. Gothics laufen hier auch rum. Denen gehört der kleine Floor. Die Goth Girls sind ja schon heiß: blasse Haut, Korsett, Strapse. Das gefällt mir. Aber die interessieren sich nur für tattoo-verseuchte Männer aus ihrer Szene. Kompatibel wäre da bloß meine Vorliebe für schwarze T-Shirts, die ich allerdings eher aus praktischen Gründen trage. Mittlerweile ist Michael entspannter. Der Gin wirkt. Ich will mir eine Zigarette anstecken, doch der Barkeeper bedeutet mir, dass ich das lassen solle. Also gehen wir in den Raucherbereich. Da gibt es einen Kicker, aber der ist natürlich besetzt. Ich lege einen Euro zur Herausforderung hin. Als wir endlich drankommen, wird schnell klar, dass wir keine Chance haben. Immerhin lande ich einen Treffer mit dem Torwart, der zählt hier doppelt. Am Ende steht es 10:2 gegen uns, wobei man erwähnen sollte, dass das Frauen waren. Eine von denen gefällt mir auch einigermaßen. Die ist zwar etwas dicklich und ein Nasen-Piercing trägt sie auch, aber ich bin ja auch kein Brad Pitt und kann meinen Marktwert ungefähr einschätzen.

Wir trinken noch ein Bier an der Bar, vielleicht auch zwei, so genau weiß ich das nicht, und anschließend gehen wir zum Main Floor. Die spielen gerade *And Justice for All*, und zwar in Gänze, trotz epischer neun Minuten. Als nächstes kommt *Lithium*. Da kann ich jedes Wort mitgrölen. Auf der Tanzfläche bildet sich ein Pogo-Kreis. Das lasse ich mir nicht entgehen. Bodychecks austeilen kann ich, immerhin habe ich in meiner Jugend mal Inlinehockey gespielt. Der DJ schmettert *Song 2* hinterher. Ich werde von einer angerempelt. Das ist die von eben. Da könnte vielleicht was gehen, also rempele ich mal zurück.

Michael hat sich gerade verabschiedet, er sei müde und wolle heim. Möglicherweise hatte er auch keine Lust mehr, weil ich mich seit zwanzig Minuten mit der unterhalte, also wenn man das Unterhaltung nennen kann, schließlich muss man sich hier regelrecht anschreien, und breit ist die ja auch, also vom Alkoholpegel her. Sie hat mir gesagt, wie sie heißt, aber ich hab's wieder vergessen oder gar nicht erst gemerkt, so genau kann ich das nicht sagen. Dass die nicht gerade schlank ist, was soll's, irgendwie ist mir gerade nach animalischer Sexiness. Sie hat sich beim DJ *Down with the Sickness* gewünscht, aber das hat der natürlich schon gespielt und jetzt behauptet sie, der sei scheiße. Sie will eine Zigarette stauben und erklärt, dass sie ab morgen aufhöre. Ich hasse gute Vorsätze. Wir rauchen Kette und aschen ungeniert auf die Tanzfläche. Nach drei hält sich hier keiner mehr an das Rauchverbot, erst recht an Silvester.

Beim Pissen nehme ich mein Medikament, weil ich das sonst vergesse. Auf dem Rückweg kippe ich einen Tequila an der Bar. Völlig unnötig, auch weil das gedauert hat, bis ich bedient wurde. Tja, und jetzt steht ein anderer Typ bei ihr. Der ist ein ganzes Stück größer als ich und trägt ein saudoofes Tribal-Tattoo am Hals. Ich stelle mich einfach dazu, aber das findet der irgendwie nicht okay, und die dumme Fotze macht keine Anstalten, mich vorzustellen. Die hat sich meinen Namen natürlich auch nicht gemerkt. Aber ich sehe gar nicht ein, jetzt abzuziehen, immerhin habe ich hier Zeit, Bier und Kippen investiert.

Ob ich keine Freunde habe, fragt mich der Typ.

Ich kommentiere das nicht und stecke mir demonstrativ eine Zigarette an.

Lass den mal, der sei schon okay, lallt Speckulatius. Damit meint sie mich. Immerhin. Aber der Kerl gibt mir einen Schubser.

Nu schickets awer, sagt der Kasseläner in mir. Ich lege meine Brille zu den Getränken, gehe einen Schritt auf ihn zu und flippe die brennende Zigarette gegen sein Hemd.

Er schreit, dass er mich ficken werde, und sie will, dass wir aufhören, aber dafür ist es zu spät. Der erste Schlag streift meine Schläfe, ich will die Magengrube treffen, aber meine Faust landet auf der Hüfte. Dann trifft er meine Nase. Im Mund breitet sich Blutgeschmack aus. Jetzt bin ich in Rage. Ich ziele mit der Rechten auf den Kiefer. Scheiße, ist das geil. Aber dann werde ich von hinten festgehalten. Gleiches widerfährt meinem Gegenüber. Zwei Security zerren uns unter den Blicken der anderen Gäste von der Tanzfläche. Jetzt wollen die mich natürlich rausschmeißen. Das sehe ich ein. Der eine sagt was von Hausverbot, aber das ist mir sowas von egal. Während der Vollspast wild gestikulierend auf den herbeigeeilten Chef einredet, hole ich mein Zeug: erst die Brille, dann die Jacke, alles in Begleitung eines Türstehers.

Ob alles okay sei, fragt die Garderobenfrau.

Frohes Neues, sage ich, schnäuze ein Gemisch aus Rotze und Blut ins Taschentuch und reiche ihr den Zettel.

Den Heimweg lege ich zu Fuß zurück. Eine ungewohnte Form von Genugtuung breitet sich in mir aus. Zwar gab es weder einen moralischen noch einen kämpferischen Sieger, aber allein die Tatsache, dass ich nicht klein beigegeben habe, energetisiert mich. Ich hätte weitergemacht bis zum Knock-out, da bin ich mir sicher, und dann trete ich mit voller Wucht gegen eine Straßenlaterne, einfach so.

Auf der Zeil irrlichtern noch einige Zecher herum, überall liegen die Rückstände von Suff und Feuerwerk. Es regnet, aber kalt ist mir nicht. Ich kaufe mir einen Döner, nehme den mit und esse ihn im Bett. Jetzt habe ich Knoblauchgeschmack im Mund, aber ich bin zu faul, mir die Zähne zu putzen. Stattdessen rauche ich und höre Pink Floyd. Irgendwie bin ich gerade glücklich und traurig zugleich, und während ich mich frage, ob das überhaupt möglich ist, schlafe ich ein.

Ich träume, dass ich wieder im Club bin. Kerstin ist auch da, aber sie steht bei diesem Kerl und ignoriert mich. Die Schlägerei nimmt ein böses Ende. Ich liege am Boden und bekomme einen Tritt nach dem anderen ab. Die Luft bleibt mir weg, ich spucke Blut. In dem Moment, in dem die Bewusstlosigkeit über mich kommt, wache ich auf. Mein Körper ist schweißnass, das linke Nasenloch verkrustet, aber schmerzen tut hauptsächlich der Schädel. Ich schalte das Licht ein, sehe das blutbefleckte Kissen und die Spuren des Nachtmahls. Beim Waschen des Gesichts untersuche ich die blessierte Nase. Die äußere Form ist unverändert. Gebrochen ist da nichts, glaube ich, aber der Nasenknorpel könnte natürlich trotzdem lädiert sein. Ich nehme zwei Paracetamol und lege mich wieder hin, dem neuen Jahr und verborgener Zukunft entgegendämmernd.

2.16

Ich stehe erst auf, als es schon wieder dunkel wird. Trotz Kopfschmerzen fühle ich mich überraschend vital. Ich bereite ein Tiefkühlgericht zu. Nasi Goreng. Mit Krabben haben die natürlich gegeizt. Immerhin sind überhaupt welche dabei. Die meisten Hersteller packen da nur Hühnchen rein. Ich esse lustlos und starre aus dem Fenster. Es schneit. Im Laternenlicht wirbeln dicke Flocken ihrem Ende auf der nassen Straße entgegen.

Morgen habe ich die Einarbeitung, da freue ich mich irgendwie drauf. Ich hoffe, dass ich nicht auf das Hämatom angesprochen werde, das meine Nase ziert. Mit Abdeckschminke könnte man das vielleicht kaschieren, aber heute sind die Geschäfte ja zu, da müsste ich schon bei einer Nachbarin fragen, das wäre auch unangenehm. Ich tue das dann doch. Eine Etage über mir wohnt eine Spanierin in meinem Alter. Die amüsiert sich natürlich ob dieser Bitte, sieht aber ein, dass ich das nötig habe, und schenkt mir ein angebrochenes Töpfchen. Das ist zwar nicht mein Teint, aber für besagten Zweck sollte es reichen.

Ich setzte mich an den Rechner. Evelyn Vogel hat tatsächlich geantwortet. Sie dankt für mein Beileid und schreibt, dass ihr Mann meinen unangekündigten Besuch erwähnt habe. Ein Manuskript habe sie aber nicht gesehen, sie habe offen gesagt auch nicht danach gesucht, da sie zurzeit andere Sorgen habe, das müsse ich verstehen. Das tue ich auch, allerdings frage ich mich schon, wo das geblieben ist. Hat er es vielleicht doch verschickt? Ausgeschlossen ist das nicht, wenngleich der Fall, dass es in irgendeinem Stapel seiner Schreibstube liegt oder von der Fernsehzeitung verdeckt wird, natürlich viel wahrscheinlicher ist. Letztlich glaube ich nicht, dass da noch was bei rumkommen wird.

Bei YouPorn wünschen die mir ein „Sexy New Year". Ich besuche die Seite nur noch mit aktiviertem VPN, weil ich echt nicht will, dass meine Sucht protokolliert wird. Ich lege los, aber mit Restalkohol im Blut ist das bekanntlich nicht so einfach. Da kann manchmal die beste Fake-Agent-Episode nichts ausrichten. Aber heute klappt das, wenn auch mit Mühe.

Nachdem ich das erledigt habe, beginne ich damit, einen Auto-Übersetzer mit dem Vorwort meiner Schrift zu füttern. DeepL heißt der Assistent meiner Wahl. Der soll deutlich besser sein als andere Übersetzer, immerhin wurde das System mit einer Milliarde menschlich übersetzter Texte trainiert. Ich muss den Input natürlich in Blöcke aufteilen. Maximal fünftausend Zeichen lassen sich mit der freien Version verarbeiten. Das jeweilige Ergebnis erscheint fast instantan. Die haben angeblich einen Fünf-Petaflop-Großrechner, der eine Million Wörter pro Sekunde verarbeiten kann. Wenn sich DeepL gegen Google Translate durchsetzte, müsste natürlich nachgerüstet werden. Ich vermute allerdings, dass das Unternehmen früher oder später von einem der Big Five geschluckt wird. Das Digitalgeschäft ist ja ein Alles-Oder-Nichts-Markt. Ein Produkt dominiert und der Rest fällt hinten runter. Im besten Fall gibt es zwei Konkurrenten, so wie etwa bei Mobil-Betriebssystemen: Android und iOS bilden den Kuchen, während Windows Phone und Symbian ein Krümeldasein fristen.

Die Übersetzungen sind als Basis wirklich gut. Grammatikalisch liest sich das erschreckend flüssig, hier und da sehe ich unpassende Begriffe, aber insgesamt wird mir viel Arbeit erspart bleiben. Gleichzeitig berührt das Phänomen ein Nebenthema meiner Schrift, schließlich ist das Nachbilden menschlicher Sprache entscheidend für den Turing-Test. Der Test gilt als bestanden, wenn ein Fragender nicht mehr unterscheiden kann, ob er gerade mit einem Menschen oder einem Computer kommuniziert. Davon sind wir nicht weit entfernt. Anders verhält es sich mit einer starken künstlichen Intelligenz, die über ein abstraktes Selbstmodell verfügen und zu autonomen Entscheidungen fähig sein müsste. Auch eine solche halten Technikvisionäre wie Elon Musk für realisierbar, nicht heute, aber in diesem Jahrhundert dann doch. Ein KI-Fatalszenario ist also nicht auszuschließen. Die Wahrscheinlichkeit hierfür mag äußerst gering sein, aber es ist kein unmögliches Ereignis. Ein Szenario, das sich schon heute konstituiert, beruht auf dem Einsatz schwacher KIs. Diesen werden bereits unternehmerische Entscheidungen überlassen. Mit Training in Spieltheorie und Risikomanagement sowie der Fähigkeit, gigantische Datenmengen zu analysieren, werden sie menschliche Investmentbanker, Controller und Versicherungsmathematiker nach und nach verdrängen. Das mag hinnehmbar sein, doch wo hört es auf? Welche Entscheidungen gelten als sakrosankt, welche werden ausgegliedert? Ich denke, der schlimmste Fall bedeutete die Kulmination dessen, was Ted Kaczyncki als „technologische Versklavung" bezeichnet.

Der Eindruck der gestrigen Prügelei verleitet mich dazu, beim Abendprogramm ausnahmsweise auf einen Film zu setzen, den ich schon kenne. Wenn man schon weiß, dass „der Erzähler" und Tyler Durden dieselbe Person sind, sieht man den Film ganz anders. Eigentlich gibt es durchgängig deutliche Anzeichen für die Identität der beiden – und trotzdem war ich beim ersten Sehen überrascht, als sich Durden als Produkt einer multiplen Persönlichkeitsstörung offenbart. Hier zeigt sich das, was im Fachjargon die „prämissive Wahrnehmungsselektion" ist. Ich bevorzuge allerdings die Bezeichnung Mind-Fuck.

Die Handlung von *Fight Club* ist extrem unrealistisch. Eigentlich mag ich sowas nicht, aber gerade stören mich die konkludenten Mängel kaum, also fast kaum. Der Soundtrack hingegen ist legendär. Als in der Schlussszene *Where is my Mind* von den Pixies einsetzt und die Skyline in einer Feuerkaskade ausradiert wird, drehe ich den Pegel der Kopfhörer auf Maximum und singe sie innerlich mit: die Hymne auf ein orientierungslos gewordenes Ich.

With your feet in the air and your head on the ground
Try this trick and spin it, yeah
Your head will collapse
But there's nothing in it
And you'll ask yourself
Where is my mind?

Mittlerweile ist es spät geworden. Um meinem chronischen Einschlafproblem vorzubeugen, habe ich anderthalb Liter Bier getrunken. Das ging trotz der gestrigen Sause ganz gut rein. Jetzt stehe ich rauchend auf dem Balkon, starre in die Dunkelheit und verspüre den Drang zu pissen. Und weil es mitten in der Nacht ist und der Schnee sowieso in plätschernden Regen übergegangen ist, pisse ich einfach vom vierten Stock in den Garten.

Wie die meisten erinnere ich mich am Morgen nur selten an die Träume, die ich im Tiefschlaf gebar. Ich muss schon sofort mit dem ersten nächtlichen Aufwachen tätig werden und ein paar Worte aufschreiben, um am nächsten Tag eine Erinnerung in Gang setzen zu können. Das Tor zur Traumwelt schließt sich binnen Sekunden. Innerhalb dieses Zeitfensters hat man allerdings auch Zugang zu weit zurückliegenden Träumen, das habe ich wieder und wieder festgestellt. Außerdem kommt es manchmal vor, dass ich das Traumgeschehen als kontinuierliches Déjà-vu erlebe. Einen solchen Traum habe ich in dieser Nacht. Ich winde mich durch eine Welt, in der mir die Vorkommnisse so erscheinen, als seien sie nicht neu, sondern Schatten einer vorbewussten Vergangenheit. Und obwohl die Brennnesseln anders brennen als sonst und ich von Bäumen stürzen kann, ohne Schaden zu nehmen, wird mir nicht bewusst, dass ich träume. Es fühlt sich eher an, als sei ich in ein ultrarealistisches Videospiel eingetaucht, eines, das ich schon oft gespielt habe, nur um am Ende wieder an denselben Gegnern zu scheitern. Und siehe da, aus dem Dschungel dieser fluiden Welt kommt ein freundlicher Hund auf mich zu. Den kenne ich doch! Ich bleibe stehen und streiche über sein weiches Fell, gleichzeitig wird meine Kopfhaut von einem angenehmen Prickeln überzogen, so dass ich gar nicht damit aufhören kann. Doch dann spüre ich, wie mir nach und nach die Kontrolle entgleitet. Die Augen des Hundes verändern sich. Er wird zum Spürhund, der geschickt wurde, um meine Gedanken zu stehlen, das ahne ich voraus, so wie ich alles voraussahne im Fluss der Vorkommnisse. Ich weiß jetzt wieder, dass mit der Berührung des Fells etwas übertragen wurde, und wenn sich das Tier nun abwendet und zu seinem Halter zurückkehrt, wird dieser Dinge über mich wissen, die er nicht wissen sollte, Dinge, die niemand wissen sollte.

Heißt es nicht, Gott sehe alles, auch unsere intimsten Gedanken? Letzteres denke ich natürlich erst, nachdem ich aufgewacht bin und kaum leserliche Notizen anfertigt habe. Und nun wälze ich mich hin und her und frage mich, ob es in ferner Zukunft solche Götter tatsächlich geben könnte.

2.17

Ich soll zunächst zwei Wagen fahren: einen BMW 7er und eine Mercedes S-Klasse. Die haben hier auch Porsche und Bentley im Portfolio. Aber die Modelle sind altgedienten Fahrern vorbehalten. Die chauffieren damit sogenannte „Alphakunden". So werden die tatsächlich bezeichnet. Die Einarbeitung dauert etwa dreieinhalb Stunden, dann darf ich Mittagspause machen. Anschließend nehme ich wie geplant im Bereitschaftsraum Platz, um auf meinen ersten Auftrag zu warten.

Man sieht dreißig bis vierzig Minuten vorher, wen man zu fahren hat. Ich habe ein Galaxy S6 bekommen, auf dem eine App installiert ist. Die zeigt Name und Nationalität des Kunden an, außerdem, wohin man muss, ob es Begleitpersonen gibt, und wenn ja, wie viele. Der Raum ist mit einem großen Fernseher ausgestattet, auf dem lautlos BBC World News läuft. Ein leise surrender Kühlschrank ist mit Softgetränken und kleinen Snacks gefüllt. Das ist natürlich nichts im Vergleich zu den Räumlichkeiten für die Kunden, aber die zahlen schließlich auch Preise, die bei vollem Service einem mittleren Monatsgehalt gleichkommen. Ich habe vorhin einen Rundgang gemacht. Die Ausgestaltung verdeutlicht das Ausmaß des Kasperletheaters, das hier tagtäglich aufgeführt wird: Auf 1300 Quadratmetern gibt es eine Club Lounge, eine Gaming Lounge, eine Cigar Lounge, eine Konferenzlounge für Delegationen und Geschäftsmeetings und acht private Suiten. Die Wände sind mit Stofftapete bespannt, in den Bädern wurde weißer Marmor verbaut und die ausgehängte Kunstsammlung umfasst Zeitgenössisches von Alex Katz und Jakob Mattner, historische Kreidelithografien sowie japanische Tuschezeichnungen des 19. Jahrhunderts. Obendrein umfasst das Catering ein Kaviar-Tasting, und zum Naschen gibt es tatsächlich Kamelmilchschokolade. Diese Eckdaten der Dekadenz muss ich natürlich parat haben, wenn ein Kunde danach fragt. Deswegen blättere ich gerade in dieser Broschüre, die mir gegeben wurde.

Ich bin allein im Raum. Ein älterer Kollege, der freundlich, aber nicht redselig zu sein scheint, ist gerade mit dem Flaggschiff des Fuhrparks unterwegs, um irgendeinen Saudi in Empfang zu nehmen. Das Flaggschiff, das ist ein Bentley Mulsanne, ein Wagen im Wert eines Reihenhauses, aber für den Scheich vermutlich ein Standardgefährt.

Eine Sache wurde mir heute eingeimpft. Auf keinen Fall dürfe ich unangemessen hohe Trinkgelder oder andere Präsente annehmen, wobei die Grenze zum Unangemessenen bei dreißig Euro liege. Dem zu widerstehen, wird mir schwer fallen, so viel ist klar.

Als sich die App das erste Mal meldet, reagiere ich nervös. Ich fange dermaßen an zu schwitzen, dass ich befürchte, mein Bluterguss könnte zum Vorschein kommen. Ich gehe an den Kühlschrank, trinke einen halben Liter Mineralwasser, rücke den Anzug zurecht, aber meide den Spiegel neben der Garderobe. Ich habe kein gutes Verhältnis zu Spiegeln.

Auf dem Weg zum Wagen fällt mir auf, dass ich meine Dienstjacke vergessen habe. Na ja, die sieht sowieso albern aus. Ich gehe weiter und verschaffe mir per Zahlencode Zugang zur Garage. Das Geräusch sich einschaltender Leuchtstofflampen wandert durch den Raum. Ich drücke den Funkschlüssel und der BMW blinkt auf, bereit für die erste Mission. Ich steige umsichtig ein und nehme den typischen Neuwagengeruch wahr. Nach einer Minute des Verweilens stecke ich das Smartphone in die vorgesehene Halterung und starte den Motor. Das Tor öffnet sich per Handsender. Ich bevorzuge manuelles Schalten, aber das hier ist ein Automatikgetriebe. Egal, ein sanfter Druck aufs Gas und der Wagen rollt hinaus.

Auf dem Vorfeld herrscht tagsüber reger Verkehr. Ich muss mich konzentrieren bei dieser ersten Fahrt als verantwortlicher Chauffeur. Meine Gedanken oszillieren zwischen „bloß aufpassen" und „endlich geht's los". Ich fahre Richtung General-Aviation-Bereich am Südende des Flughafens, peinlich genau auf die Geschwindigkeit achtend. Die App navigiert mich zuverlässig zum Bestimmungsort. Minuten später halte ich an vorgegebener Stelle. Für diesen Komfort bin ich echt dankbar.

Noch ist die Maschine nicht da. Ich schalte die Heizung aus und fahre die Scheibe runter, weil ich immer noch übel im Gesicht schwitze. Zum Glück regnet es nicht, sonst müsste ich da gleich mit einem Schirm rumhantieren.

Der Kunde soll Türke sein und mit einer Begleitperson reisen, vermutlich ein schwerreicher Geschäftsmann, immerhin kommt der im Privatjet. Der kann natürlich auch geleast sein, aber auch das ist ja unfassbar teuer. Um mich zu beruhigen, kaue ich Kaugummi und höre hessisches Hitradio. Die spielen da erst etwas ganz Furchtbares und dann diesen Hit von Milky Chance. Die finde ich so mittel, aber weil die aus Kassel kommen, feiere ich die irgendwie. Ansonsten hat meine Heimatregion nur eine andere halbwegs bekannte Band hervorgebracht: The Bates aus Eschwege. Der Frontsänger ist vor Jahren gestorben. „Einsamer Drogentod in Kassel" las ich damals in der HNA, und war vermutlich fasziniert.

Jetzt sehe ich in der Ferne einen Learjet über den Taxiway heranrollen. Das dürfte das Vehikel des Kunden sein. Ich steige aus, positioniere mich vor meinem Wagen und verschränke die Arme hinter dem Rücken. Der Wind, der über das offene Feld weht, ist eiskalt. Immerhin schwitze ich jetzt nicht mehr. Der Jet kommt mit dröhnenden Triebwerken zum Halten. Minuten vergehen, ohne dass sich was tut. Dann klappt sich die Tür vertikal auf, wobei der untere Teil als Treppe dient. Zwei Männer in schwarzen Anzügen steigen hinab und kommen auf mich zu. Ich erkenne sofort, wer Boss und wer Lakai ist. Ein Crewmitglied befördert derweil das Gepäck zum Fahrzeug. Ich drücke dem Obertürken die Hand und bitte beide darum, im hinteren Teil Platz zu nehmen. Dann verstaue ich die Rimowa-Trolleys im Kofferraum. Bevor ich den Motor starte, spule ich den gelernten Satz ab: *Welcome to Frankfurt, I hope you had a pleasant flight, if there is anything I can do for you, please let me know.*

Ich bin erleichtert, dass da nur ein *thanks, we're good* aus dem Hinterraum kommt, und beschleunige den Wagen. Die Airport City liegt im letzten Licht des Tages, eine A380 fliegt direkt über uns hinweg, überall Lichtsignale und ameisenhafte Geschäftigkeit. Als wir am Zugang zum VIP-Terminal ankommen, stehen dort schon zwei lächelnde Kolleginnen. Ich halte und steige aus, um die Türen zu öffnen, aber das haben die Herren schon selbst geschafft. Nachdem ich das Gepäck bereitgestellt habe, drückt mir der Lakai einen Zwanziger in die Hand. Ich nehme dankend an. Scheiße, ist das ein geiler Job! Im Bereitschaftsraum treffe ich auf Kollege Bentley. Sein Name fängt mit J an, Jörg oder Jürgen, so genau habe ich mir das nicht gemerkt. Er fragt, wie mein erstes Mal gewesen sei. Super, sage ich. Er nickt. Dann sagt er, ich müsse mir bloß eines merken: nie unnötige Fragen zu stellen. Das gehe klar, entgegne ich. Aber die Frage nach dem eigenartigsten Kundenkontakt kann ich nicht zurückhalten, die muss ich ihm einfach stellen. Genau so eben nicht, bedeutet er mir.

Er erzählt später doch was. Ein zugekokster Schauspieler aus „Amiland" habe tatsächlich mal gefragt, ob er den Porsche vom Typ Panamera selbst fahren könne. Er habe dies natürlich für einen Scherz gehalten, aber der habe das völlig ernst gemeint, und als er ihm den Wunsch abschlug, sei der furchtbar ausgerastet und habe in seiner Wut den Außenspiegel abgetreten.

Das finde ich äußerst amüsant und ich will natürlich wissen, wer das war. Aber das verrät er mir nicht, „aus Prinzip", wie er sagt. Und während ich mich frage, wer für diese Eskapade in Frage käme, erscheint die Ablösung von der Spätschicht.

Ich fahre wie immer mit der S-Bahn heim, aber weil die so voll ist, setze ich mich ins Erste-Klasse-Abteil. Das habe ich schon oft gemacht, aber heute komme ich mir so vor, als gehörte ich hier auch hin. Ich lehne mich zurück, öffne ein Binding Export, lecke den Schaum vom Rand der Dose und stelle mir vor, wie Christian Bale den Porsche zerlegt.

2.18

Heute habe ich frei. Ich widme mich der Übersetzung. Dabei kommt mir ein interessanter, aber törichter Gedanke: Würde sich Ted Kaczynski dafür interessieren, wenn ich ihm eine Kopie schickte? Soweit ich weiß, sitzt er in einem Hochsicherheitsgefängnis in Colorado. Zuschriften bekommt der natürlich täglich, trotz und wegen dem, für das er steht. Ich werde das überdenken, auch wenn ich schon ahne, dass ich dem nicht werde widerstehen können.

Gegen Mittag schreibe ich Michael eine Mail. Ich hatte seit der Silvesternacht keinen Kontakt mehr zu ihm und fühle mich in der Meldepflicht. Apropos – von Kerstin habe ich immer noch nichts gehört. Da wird auch nichts mehr kommen, und das ist vielleicht auch besser so. Mittlerweile wird sie wieder an der Ostsee sein. Zu weit für einen flugunfähigen Vogel, der scheinbar bloß eine Gelegenheit für Sex und nette Gespräche war.

Ich schenke mir einen weiteren Whisky ein. Der ist gar nicht mal so übel, dafür, dass der aus dem Discounter kommt. Ich gerate in einen angenehmen Zustand und arbeite ein Übersetzungspaket nach dem anderen ab. Erst als die Dunkelheit einsetzt, mache ich eine Pause. Ich bin enorm angetrunken und entscheide mich für eine Wagner-Pizza der Sorte „Speciale" mit Peperoni-Salami und Champignons. Die mag ich am liebsten. Und weil ich von einer Pizza nicht satt werde, schiebe ich zusätzlich noch sechs abgezählte Fischstäbchen in den versifften Ofen.

Gegen acht wird mir übel. Ich stecke mir widerwillig den Finger in den Hals und übergebe das halbverdaute Pizza-Seelachs-Gemisch der Kanalisation. Ich denke, hiermit sollte ich den Tag beschließen, und das tue ich dann auch.

Im Schlaf gebäre ich einen seltsamen Traum. Ich habe Sex mit Kerstin: ein nicht enden wollendes Rein und Raus. Als ich ihr irgendwann doch auf den Unterleib ejakuliere, kommen kleine rötliche Fischeier aus meinem Samenkanal. Das ist irgendwie sau eklig, auch weil das gar nicht aufhört. Ich wache schließlich verstört auf und bemerke die schmerzende Blase. Gleichzeitig habe ich eine Erektion, die gar nicht abklingen will. Während ich mich umständlich erleichtere, fällt mir ein, dass ich mal Safer Sex am Strand hatte, aber weil ich sehr viel getrunken hatte, musste ich mittendrin abbrechen. Ich glaubte, in die Brandung zu pissen, das eigentliche Malheur wurde mir erst bewusst, als die Schwerkraft überhandnahm … definitiv das Dümmste, was einem Kondom passieren kann.

Am nächsten Tag fahre ich den ersten Prominenten: diesen Fernsehgeiger David Garrett. Wobei mir das erst klar werden wird, als er vor mir steht, denn die App hat natürlich seinen bürgerlichen Namen ausgegeben. Er kommt am Mittag mit einer Lufthansa-Maschine aus New York. Das läuft dann so: Erst steigen die gewöhnlichen Passagiere über die Fluggastbrücke aus, dann wird eine mobile Gangway angedockt. Das passiert gerade und ich positioniere mich schon mal vor dem Benz, den ich heute fahre. Es ist fast windstill. Auf dem Center Runway hebt gerade eine 747 Richtung Nordosten ab. Nachdem sich der Lärm der Turbinen verflüchtigt hat, wabert ein kaum wahrnehmbares Zischen über die Asphaltebene. Ich bin mir nicht sicher, aber vermute, dass es das Geräusch einer sich ausbreitenden Wirbelschleppe ist. Dazu werde ich mal Kollege Bentley befragen.

Als David Garrett schließlich mit Geigenkoffer in der Hand die Treppe runter schreitet, denke ich erst, das sei gar nicht mein Kunde. Aber da nur ich hier warte, muss er das ja sein. Er geht dann auch entschlossen auf mich zu. Ein Steward folgt in respektvollem Abstand. Ich strecke ihm die Hand aus, aber der Maestro ziert sich. Vielleicht fürchtet er einen zu kräftigen Händedrück, vielleicht ist er auch einfach nur ein abgehobenes Arschloch. Auf jeden Fall hat der jeden einzelnen Finger versichern lassen. Das ist ja Usus unter Starmusikern. Was ich ihm positiv anrechne, ist die abgründige Liaison mit dieser Pornodarstellerin. Viel mehr weiß ich eigentlich nicht über den. Ich kenne nicht mal seine Musik.

Während ich das Gepäck verstaue, nimmt er mit seinem Geigenkoffer im Arm auf der Rückbank Platz. Der spielt bestimmt eine Stradivari, verständlich, dass er die nicht aus den Augen lassen will. Ich setze mich hinters Steuer und spule meinen Satz ab. Er hat tatsächlich eine Bitte. Er fragt auf Deutsch, ob ich ihm sagen könne, welche Farbe sein Schal habe.

Ich bin etwas erstaunt, aber sage nach einem prüfenden Blick, dass der Schal olivgrün sei.

Er schnauft. Das habe er geahnt. Er habe den gestern für zweihundert Dollar erstanden, allerdings im Glauben, es sei ein grauer Schal. Jetzt fragt er tatsächlich, ob ich den haben wolle, weil grün gehe ja gar nicht.

Ich zögere erst, aber er reicht das Stück schon nach vorne. Also nehme ich dankend an. Grün steht mir schließlich, und einen Schal in der Preisklasse werde ich sicher nie wieder bekommen.

Ich frage ihn, ob er diese App für Farbenblinde kenne, darüber hätte ich mal was gelesen, sowas könne ja hilfreich sein.

Er giftet mich an. Natürlich kenne er sowas, aber es sei nicht meine Sache, derartige Fragen zu stellen.

Ich starte den Motor und drücke aufs Gas. Wir fahren über den Flugplatz, vorbei an Verkehrsmaschinen aus aller Welt. Ein schwarzgelbes Fahrzeug der Vorfeldaufsicht rast uns entgegen. Garrett telefoniert. Ich versuche nicht hinzuhören, aber er spricht so deutlich, dass ich doch hinhöre. Es geht um Zahnreinigung, glaube ich, er brauche sofort einen Termin, am besten noch vor dem Einchecken ins Hotel, das sei ihm wirklich „enorm" wichtig und so weiter.

Ich biege ab und bringe den Wagen vorm Terminal zum Stehen. Den Empfangsdamen sieht man ihre Erregung schon an. Wenn der Maestro es drauf ankommen ließe, würde bestimmt was gehen. Ich sage das nicht kritisch. Aus mir sprechen bloß Neid und enttäuschte Begierde. Gleichzeitig weiß ich, dass Frust ein Vehikel sein kann. Kompensation bedeutet schließlich, dass etwas, dessen man bedarf, durch etwas anderes ersetzt wird. Und solange dieses *andere* nicht als wesensfremd abgestoßen wird, ist alles gut.

2.19

Der Januar ist vergangen. An den Job habe ich mich inzwischen gewöhnt, das heißt, ich habe Routine entwickelt. Die lässt mich und auch dann sicher aussehen, wenn da irgendein Promi in den Wagen steigt. Daniel Radcliffe aka Harry Potter zum Beispiel. Den habe ich in derselben Woche gefahren, in der mir Helene Fischer die Rückbank vollgesaut hat. Aber genug des Namedroppings, viel wichtiger ist die Tatsache, dass ich die Übersetzung abgeschlossen habe. Seit gestern bereite ich mich auf die Onlinestellung vor. Gerade bin ich dabei, geeignete Subreddits zu finden. r/technology hat fünf Millionen Abonnenten. Da werde ich das auf jeden Fall einstellen. Dass sich da überwiegend it-affine User austauschen, ist gar nicht schlecht. Schließlich will ich die Debatte befeuern und nicht bloß ein Ja und Amen ernten. Auf der Suche nach spezifischen Kanälen stoße ich auch auf Subreddits wie r/anticonsumption, r/darkfuturology und r/anarcho_primitivism. Dort mag das Publikum empfänglicher sein, aber es ist auch kleiner.

Mein Benutzername schreibt sich ANDR34S. Ich habe den Account bislang für Votings und Kommentare verwendet. Dies wird mein erster Beitrag sein. Noch ein paar winzige Formatierungen [eckige Klammern] und dann ist es soweit. Ich stelle den Teaser gleich in sechs Kanäle ein, Duplicate Content hin oder her.

Do you like it that machines become smarter than humans?
That animals and plants are products of technology?
That we live in a [virtual] world with hardly any privacy left?
If your answer is no, then you should read:
bit.ly/in_hostile_coexistence by a_aland

Ich flüchte auf den Balkon. Es stürmt ganz ordentlich. Der Wind trägt den Dampf der E-Zigarette sofort hinweg. Ich bemerke, dass im Garten noch Überreste der Silvesternacht liegen. Ich lasse mich davon nicht stören, also fast nicht. Meine Gedanken sollen in diesen Minuten dem gehören, was ich in monatelanger Arbeit erschaffen habe.

Nach einer halben Stunde wage ich es, einen Blick auf den Bildschirm zu werfen. Der Beitrag unter r/technology hat zwölf Upvotes und drei Downvotes bekommen. Außerdem hat einer kommentiert, dass der Teaser ein abgewandeltes Kaczynski-Zitat sei. Das stimmt natürlich, aber ich sehe darin kein Problem und das schreibe ich auch. Die Antwort kommt prompt: Ted Kaczynski sei ein Terrorist, und jeder, der sich mit ihm gemein mache, ein „sick fuck".
Ich erwidere, dass das ein billiges ad hominem sei. Selbst Hitler könne schließlich Sachen gesagt haben, die richtig sind.
Der Kommentar bleibt leider unbeantwortet.

Gegen 14 Uhr bin ich mit Michael verabredet. Wir wollen uns Bundesligaschach in Hofheim ansehen. Das liegt im Taunus, da wo das Geld sitzt. Golf, Fechten, Schach, sowas mögen die dort. Hier im Ostend Ecke Heroinambulanz ist ja eher Bankdrücken und Kickboxen angesagt.
Als ich das Haus verlasse, werde ich fast umgeweht, also nicht wirklich, aber das sagt man ja so. Ich peile die S-Bahn-Station an und sehe, dass die DB-Bikes wie Dominosteine am Boden liegen. Normalerweise machen das Betrunkene, aber in diesem Fall war das der Wind.
Wir treffen uns in der S2. Die fährt direkt nach Hofheim, also eigentlich, denn heute wird der Zug nicht ankommen. Auf freier Strecke zwischen Höchst und Zeilsheim hat eine Böe einen Baum niedergestreckt und jetzt sitzen wir fest. Zum Glück habe ich ein Schachspiel dabei. Damit vertreiben wir uns die Zeit. Was mich stört, ist das Fehlen eines Bord-WCs. So rühre ich den Biervorrat nicht an, schließlich kenne ich meine Blase.
Nach einer guten Stunde heißt es, dass wir aussteigen sollen. Michael macht ein Foto der Stellung, damit wir die Partie später fortsetzen können. Draußen werden uns dann tatsächlich Warnwesten gereicht.
Ich dampfe erst mal und feixe, dass eine Weste prima vor fallenden Ästen schütze.

Der Sturm habe längst nachgelassen, behauptet der Bahnfuzzi. Vermutlich hat er Recht und ich will hier ja auch nicht die Nacht verbringen, aber wenn was passierte, wäre die Bahn in der Haftung. Michael ist schlecht gelaunt, er hatte sich auf das Profispiel gefreut, es war seine Idee. Mir ist das ziemlich egal. Ich finde den Umstand, dass wir nun circa zwei Kilometer am Gleis entlanglaufen müssen, irgendwie amüsant. Wir werden natürlich von Sicherheitspersonal eskortiert. Die haben Handscheinwerfer eingeschaltet, obwohl es noch gar nicht dunkel ist. Zum Glück war der Zug fast leer, sonst hätte das vermutlich länger gedauert. So sind wir nach zwanzig Minuten dort, wo wir schon einmal waren: am Bahnhof Höchst.

Am einzigen Schalter werden uns Taxigutscheine angeboten. Die nehmen wir an, obwohl wir genauso gut mit dem Bus zurückfahren könnten. Ich kenne Höchst nicht, Michael auch nicht. Ich kann ihn schließlich dazu überreden, die Altstadt zu erkunden, die in unmittelbarer Nähe liegt. Wir erblicken Fachwerk, die Reste einer Stadtmauer und einen weiß getünchten Turm. Von den Industrieparks sieht man nur ferne Dampfsäulen, die im Abendhimmel verwirbelt werden, irgendwie schön.

Eine Viertelstunde später sitzen wir in einer Weinstube, deren Namen ich mir nicht gemerkt habe. Wir führen die Schachpartie fort. Nebenbei bestelle ich eine Flasche Spätburgunder. Die haben hier tatsächlich nur heimische Erzeugnisse und diese Gläser mit grün-geripptem Schaft. Ich bin eigentlich kein Freund deutscher Weine, aber die Konsequenz gefällt mir.

Mittlerweile ist das Endspiel im Gange. Wir konnten beide umwandeln, sowas geschieht eher selten. Ich habe nun Dame und Königsläufer, Michael nur seine Dame. Theoretisch ließe sich das noch gewinnen, und ich versuche das auch, aber drei Züge später erzwingt er einen Damentausch. Das bedeutet natürlich Remis.

Michael verweigert eine weitere Partie, also wegen des Alkohols. Er verliert echt ungern gegen mich. Schach ist ja nichts anderes als ein geistiger Schwanzvergleich. Und wenn man schon einen kleinen Schwanz hat, will man wenigstens hier gewinnen.

Während wir die Gläser leeren, erzähle ich von meiner Reddit-Initiative und versteige mich zu der Aussage, dass Ted Kaczynski ein Visionär sei, den man unbedingt ernstnehmen müsse. Er lacht, vielleicht sei ich ja doch ein Idealist. Das wolle ich doch hoffen, entgegne ich. Aber so richtig nimmt er mir das nicht ab.

Irgendwann bestelle ich das Taxi nach Frankfurt. Wir heizen schweigend über die A66 und lassen uns kurz darauf vorm Feinstaub an der Friedberger Landstraße absetzen. Ich will auch deswegen dahin, weil ich weiß, dass die dort genau das Flaschenbier haben, das in meinem Rucksack schlummert.

Es ist gerade mal neun, die Bar vielleicht halbvoll, aber der DJ ist schon zugange und spielt irgendwelche Indie-Sachen, die kein Mensch kennt. Ich suche uns einen freien Tisch und schicke Michael Bier holen. Die haben auch Binding vom Fass, aber ich habe ihn um Veltins gebeten. Während er weg ist, stelle ich die Figuren auf. Er soll sich mal nicht so anstellen. Macht er auch nicht. Ich eröffne mit e4, er verteidigt sizilianisch mit Abtausch seines c-Bauern gegen meinen d-Bauern. Jetzt kann ich meine Leichtfiguren besser ins Spiel bringen, während er einen Stellungsvorteil im Zentrum hat. Das ist die Theorie.

Michael ist am Überlegen und ich trinke. Das eiskalte Bier wirkt nach dem Rotwein erfrischend. Der dazugehörige Spruch ist allerdings anders zu verstehen. *Bier auf Wein* stand einst für gesellschaftlichen Abstieg. Aber das weiß heute natürlich keiner mehr. Während sich das Lokal langsam füllt und die Musik lauter wird, entwickelt sich unsere Partie zum zähen Kampf. Zeitweilig bin ich voll aufs Spiel konzentriert und nehme das Drumherum kaum wahr. Leider hält der Tunnelblick nicht bis zum Schluss. Der Gedanke, möglicherweise beobachtet zu werden, macht mich schließlich doch nervös. Ich beginne zu schwitzen, meine Brillengläser beschlagen, und ich fühle mich genötigt, kurz in die Kälte zu gehen und Nikotin nachzuschieben.

Das zweite Bier ist schon bezahlt. Michael bekommt diesen Tausch gar nicht mit. Dafür hat er nun einen Vorteil auf dem Brett: Er hat mich in eine Abzugstellung gelockt, aus der ich mit Verlust eines Springers herausgehen werde. Im Profischach wäre die Partie an dieser Stelle entschieden. Auf unserem bescheidenen Niveau ist hingegen noch alles drin. Tatsächlich komme ich im Mittelspiel zurück, und zwar durch eine einfache Gabel, die Schwarz einen Turm kostet. Michael ärgert sich. Er habe ja gesagt, dass er eigentlich nicht spielen wolle. Ich bestätige, dass ihm solche Patzer nüchtern eher selten passierten. Sowas passiere ihm nie, behauptet er, höchstens unter Zeitdruck vielleicht. Der DJ spielt indessen *Loser* von Beck. Ich mache ihn auf diese Koinzidenz aufmerksam, aber das interessiert ihn gar nicht.

Ich stehe jetzt definitiv besser. Das scheint auch der muskulöse Typ so zu sehen, der die Partie aus einigem Abstand verfolgt. Er hält drei Finger hoch, was mir wohl „drei Züge zum Matt" signalisieren soll. Aber ich kann wirklich nicht sehen, wie das gehen soll. Also mache ich einen Zug, der nicht viel bringt, aber auch nicht schadet. Er schadet natürlich doch. Ein paar Züge später schafft es Michael, Dauerschach zu geben. Nicht schön, aber damit rettet er ein weiteres Unentschieden.

Der Kerl kommt nun an unseren Tisch und behauptet, dass ich ein zwingendes Matt übersehen hätte. Aber der ist betrunken und als ich ihn auffordere, das zu demonstrieren, schafft er es nicht, die Stellung zu rekonstruieren. Stattdessen sagt er gleich dreimal, dass er das „geil" finde, dass wir hier Schach spielten.

Wir stoßen mit ihm an und trinken. Michael fragt, ob ich noch eins haben wolle, also ein Bier, aber ich winke ab und tausche die Flasche vor seinen Augen aus.

Er bemerkt, dass ich ganz schön asozial sei, aber eher so aus Spaß, glaube ich.

Es ist der letzte Abend, an dem ich ihm als freier Mensch begegne.

Wenn wir die gesamte Materie und Energie des Weltalls mit unserer Intelligenz gesättigt haben, wird das Universum erwachen, bewusst werden, und über phantastische Intelligenz verfügen. Das kommt, denke ich, Gott schon ziemlich nahe.
R. K.

2.20
Montagmorgen, der Himmel über dem Flughafen ist dunkel und grau, es regnet seit Stunden. Ich bin spät dran, aber beeile mich nicht, weil ich erschöpft bin und friere, und nicht die geringste Lust habe auf diesen Tag. Der Spind öffnet sich neuerdings per Flughafenausweis. In Zeitlupe entledige ich mich der klammen Jacke sowie privater Dinge wie Schlüsselbund und Handy. Bis ich meine Dienstkleidung angelegt habe, vergehen bestimmt zehn Minuten. Dann schleiche ich zur Zentrale der „VIP-Services", melde mich einsatzbereit und werde postwendend angeschnauzt. Pünktlichkeit hat hier höchste Priorität. Das ist so, und das sehe ich auch ein, schließlich können die Kollegen von der Nachtschicht erst dann abziehen, wenn voller Ersatz da ist.

Im Bereitschaftsraum lasse ich mich auf die schwarze Ledercouch fallen. Die Müdigkeit ist bleiern. Immer wieder schließen sich die Augen für kurze, erlösende Sekunden. Wenn Kollege Bentley nicht da wäre, würde ich mich glatt hinlegen. Er merkt natürlich, wie müde ich bin, und will mir einen Kaffee bringen. Ich lehne dankend ab und hole mir stattdessen eine Dose Red Bull aus dem Kühlschrank. Das hilft etwas und ich schiebe den zweiten Drink gleich hinterher. Die hiesige Freigetränk-Policy weiß ich durchaus zu schätzen. Von meinem Platz auf der Couch starre ich unwillkürlich auf den Fernseher. BBC World News berichtet über die bevorstehenden Olympischen Winterspiele, aber ohne Ton ist mir der Informationsgehalt zu dünn, und einschalten kann ich den auch nicht, weil Bentley sich dann daran stören würde. Gerade blättert er in der Bunten, aber kaum aus Interesse für die Klientel, der ist bloß gelangweilt, genauso wie ich es bin.

Es ist kurz nach neun, als der erste Auftrag für mich reinkommt. Endlich. Tätige Zeit vergeht schließlich schneller. Die App gibt aus: *Richard Kurtz, USA, keine Begleitpersonen. Transfer VIP-Gate nach Flug LH 456.* Die Destination von LH 456 ist LAX, also Los Angeles, das weiß ich aus dem Kopf. Aber das ist nicht entscheidend. Was mich nervös macht, ist der Name. Richard Kurtz kennt man schließlich: Chefentwickler von DeepReason und Künder einer technologischen „Singularität". Ich habe sein quasireligiöses Buch gelesen. Er glaubt an die Fusion von Mensch und künstlicher Intelligenz und beschreibt den Fortbestand in nicht-biologischen Substraten als letztes Ziel dieser Welt. Ein Fantast, könnte man meinen, aber er ist eben auch ein brillanter Informatiker, der IBM eine Vormachtstellung im KI-Bereich sichern soll. Ich kann absolut nicht fassen, dass ich dem gleich begegnen soll.

Der Gedanke ist töricht, aber ich muss ihn denken. – Wäre dies nicht die Gelegenheit, um ein Zeichen zu setzen? Ich bin plötzlich extrem wach, fast so als hätte ich mir was reingezogen, gleichzeitig verengt sich meine Wahrnehmung. Das macht mir Angst. Wäre ich tatsächlich fähig, als Täter zu agieren? Es mag absurd klingen, aber der Gedanke drängt sich auf, also dass dies keine zufällige Begegnung ist, sondern der Job bloß als Bedingung dient für diesen, den heutigen Tag. Ich muss eine Entscheidung treffen, aber angesichts dessen, was auf dem Spiel steht, ist das ein Mind-Fuck erster Güte.

Mein Denken wird unterbrochen. Bentley fragt, wer mein Kunde sei.

Ein Richard Kurtz, der nach LA will, sage ich.

Der Name sage ihm nichts.

Mir sage er auch nichts, behaupte ich, und überlege schon, ob ich vielleicht Übelkeit oder so vortäuschen sollte, damit Bentley die Fahrt übernimmt.

Ich suche die Toiletten auf, lege die Brille ab und blicke in den Spiegel. Ich sehe furchtbar aus. Die Pupillen sind geweitet, die Haut ist trocken und stellenweise schorfig. Ich schaufele kaltes Wasser ins Gesicht und trinke widerwillig einige Schlucke, um den süßen Red-Bull-Geschmack loszuwerden. Beim Aufsetzen der Brille prüfe ich, ob sie auch gerade sitzt. Dann gehe ich hastig zur Garderobe, ziehe die Dienstjacke über, und marschiere wieder zurück, um noch einmal zu prüfen, ob alles richtig sitzt. Auf dem Weg in die Garage klappe ich den Autoschlüssel immer wieder auf und zu. Obwohl es mich gerade zerreißt, atme ich ruhig. Das ist gut. Ich steige in den BMW und justiere Sitz und Rückspiegel. Der Wagen ist eiskalt. Aber ich denke gar nicht daran, den aufzuheizen. Der soll es so ungemütlich wie möglich haben. Dann starte ich den Motor und navigiere in blinder Routine zum Gate. Trotz der Kälte glüht mein Gesicht.

Ich bin früh dran, noch rührt sich nichts. Ich könnte eine Dosis Nikotin vertragen, aber das Gerät liegt im Bereitschaftsraum. Also harre ich aus, fingernägelkauend, immer noch unentschlossen. Mir fällt ein, dass ich gar nicht weiß, wie Kurtz eigentlich aussieht. Einen Moment lang hoffe ich, dass es eine andere Person gleichen Namens sein könnte, aber im Grunde weiß ich, dass mir dieser Ausweg verwehrt bleiben wird. Ich ziehe das Smartphone aus der Halterung, sage *Ok Google* und realisiere Sekunden später, dass ich sein Gesicht schon kannte, aber nicht mehr präsent hatte. Ich will seinen Wikipedia-Artikel lesen, aber breche nach wenigen Zeilen ab, weil ich mich nicht darauf konzentrieren kann. Stattdessen schalte ich das Autoradio ein, klicke mich einmal durch alle Frequenzen und schalte es wieder aus. Der gleichmäßige Takt des Scheibenwischers wird zum erbarmungslosen Countdown. Noch könnte ich mich davonstehlen, weglaufen wie ein feiger Hund. Aber will ich das?

Schließlich falte ich die Hände und blicke seitwärts zum Himmel. Ich sehe nichts als undurchdringliche Schichtwolken. Niemand wird mir die Entscheidung abnehmen, es liegt allein an mir.

Als sich die Glastür öffnet, spüre ich den Puls der Halsschlagader. Heraus tritt der Mann, der so ähnlich aussieht wie Michel Friedman, nur älter und weniger gebräunt. Sein schwarzes Haar ist nach hinten gegelt. Als er näher kommt, wird erkennbar, dass es grau nachwächst.

Ich reiße mich zusammen, steige aus dem Wagen, öffne die Hintertür und verstaue das Gepäck, das mir von einer Kollegin angereicht wird.

Er hat sich bereits angeschnallt. Als ich einsteige, sagt er, dass es sehr kalt sei in Deutschland, natürlich auf Englisch.

Yes, very cold, erwidere ich, obwohl es ja gar nicht besonders kalt ist, also für Februar.

Ich löse die Handbremse, entschlossen, ihn zumindest den Flug verpassen zu lassen, und biege in die entgegengesetzte Richtung ab. Auf dem Smartphone blinkt etwas auf. Ich ignoriere das und hoffe gleichzeitig, dass mein Manöver nicht sofort bemerkt wird. Eigentlich müssen wir zum Terminal 2, aber ich fahre Richtung Terminal 1, und von da aus weiter Richtung Cargo City Nord. Kurtz ist ahnungslos, er ist damit beschäftigt, Tabletten zu schlucken, und achtet gar nicht auf die Umgebung. Ich verriegele unbemerkt die Hintertüren und fahre weiter Richtung Süden. Mittlerweile sind wir bestimmt zehn Minuten unterwegs. Lange kann es nicht mehr dauern, bis ihm dämmert, dass irgendetwas schief läuft. Wir passieren den riesigen Hangar, in dem die A380 gewartet wird. Jetzt meldet er sich.

Sein Flug gehe in fünf Minuten, wo wir denn bitte seien.

Wir seien gleich im Bereich für Privatjets, erwidere ich.

Er fliege heute mit Lufthansa First Class, bellt er, hier müsse ein Missverständnis vorliegen.

Ich bleibe ruhig und frage gekünstelt, ob er das ernst meine.

Natürlich meine er das ernst, ich solle die Zentrale anrufen, und zwar sofort.

Ich bringe den Wagen zum Stehen und komme aus der Deckung: Ich wisse, wer er sei.

Er schweigt eine Sekunde, dann fragt er hörbar alarmiert, was ich damit sagen wolle.

Nun, sage ich, es gebe eben Menschen, die seine Ideen für gefährlich hielten, auch weil er kein bloßer Intellektueller, sondern ein Macher sei, drauf und dran, die Geschicke von Generationen unumkehrbar zu verändern.

Jetzt ist er sprachlos. Trotz unvollkommenem Englisch ist die Botschaft angekommen. Die Angst steht ihm ins Gesicht geschrieben. Er versucht fieberhaft, die Tür zu öffnen. Als er die Lage erkennt, will er zum Handy greifen, aber ich werde nicht zulassen, dass er einen Anruf absetzt. Ich höre mich sagen, dass er sich diesen Moment gut merken solle. Dann schalte ich in den Sportmodus und beschleunige den Wagen mit allem, was er hergibt. Ich werde richtig krass in den Sitz gepresst und Kurtz gibt einen Schrei von sich, der so gellend ist, dass er das Geheul des Motors übertönt. Wir rasen an geparkten Kleinflugzeugen vorbei, ein entgegenkommendes Fahrzeug gibt Blinkzeichen, Kurtz fleht, dass ich stoppen solle, aber so schnell werde ich nicht abbremsen. Der Wagen legt sich in die Linkskurve, die zurück zur Nordseite führt. Auf der Geraden beschleunige ich den Wagen mühelos auf 120 Sachen. Eine große Maschine fliegt dröhnend über uns hinweg. Jetzt kommt das Vorfeld von T2 in Sicht, mein Fuß klebt weiter auf dem Gaspedal. Ich werde ihn nach der Achterbahnfahrt irgendwo am Terminal absetzen, beschließe ich, und dann so schnell wie möglich flüchten. Doch bevor es in die nächste scharfe Kurve geht, greift Kurtz von hinten ein. Er hat sich abgeschnallt und versucht, an die Handbremse zu gelangen. Ich steuere einhändig und ramme meinen rechten Ellenbogen mit voller Wucht gegen seinen Hals. Aus dem Augenwinkel sehe ich, wie ein Sideloader die Fahrbahn kreuzt, ich bremse ab und versuche auszuweichen, aber die Nässe lässt den Wagen unkontrolliert ausbrechen. Die Sekunden bis zum Crash ziehen vorbei wie ein Film. Der BMW schlittert in die Parking Zone, ich sehe das monströse Gefährt immer näher kommen, aber der Wagen will mir nicht gehorchen. Kurtz kreischt jetzt wie ein Tier und ich reiße instinktiv die Arme vors Gesicht, bereit für die Kollision mit der trägen Masse eines Flugzeugschleppers.

Meine Erinnerung setzt hier aus. Aus dem Polizeibericht weiß ich, dass sein Körper durch den Gang gepresst und auf Höhe der Mittelkonsole zusammengestaucht wurde. Die oberen Halswirbel zerbarsten, das verlängerte Hirnmark wurde abgequetscht. Er hatte keine Chance.

3

Mein Name bedeutet *der Tapfere*. Ich bin selten tapfer, aber ich habe schon seit Kindertagen ein gutes Verhältnis zu gepflegten deutschen Krankenhäusern.

3.1

Als ich zu mir komme, denke ich erst, ich sei gestorben und nun auf der Fahrt ins Jenseits oder so. Tatsächlich liege ich in einem Klinikbett. Eine Schwester beugt sich über mich. Sie fragt, ob ich wisse, welches Jahr sei.
Zweitausend und … ich mache eine Pause.
Sie lächelt und sagt, das Jahrtausend stimme schon mal. Sie setzt mich über Zeit und Ort in Kenntnis und gibt mir zu verstehen, dass bald ein Arzt kommen werde. Ich solle mir keine Sorgen machen, sie bleibe bis dahin in Reichweite.
Ich fühle mich seltsam geborgen. Das müssen die Schmerzmittel sein. Ich glaube, meine Arme sind gebrochen, ich kann sie jedenfalls nicht bewegen. Das rechte Knie pocht dumpf. Ich versuche, die Beine zu bewegen. Das geht.
Erinnerungen formen sich. Ich weiß, wie ich heiße, und dass ich einen olivgrünen Schal besitze. Genau. Flughafen. Ich wollte zum Flughafen.
Die Schwester prüft eines der Geräte, die das Bett umzingeln. Ich frage sie, was passiert sei.
Sie sagt, ich habe einen Autounfall gehabt.
Ich kann die Information nicht sofort einordnen und versinke Sekunden später wieder im Schlaf. Ich träume vom Meer, fahre die Küste entlang, in einem Motorboot, neben mir steht Kerstin. Sie spricht zu mir, aber ich kann nicht verstehen, was sie sagt. Wir fahren weiter, der Schaum der Wellenkämme taumelt uns entgegen, und dann ist da dieser Felsen, er zieht das Boot an wie ein Magnet, es gibt kein Entrinnen, so sehr ich auch gegensteuere, die dunkle Wand aus Stein kommt immer näher. Ich umarme Kerstin, und sie umarmt mich, und gemeinsam lassen wir uns über Bord fallen. Wir werden zum Grund gezogen, ich will ihr sagen, dass … dass … aber sie löst

sich von mir und schwimmt zur Oberfläche. Ich will ihr folgen, doch meine Glieder sind gelähmt, ich komme und komme nicht vorwärts.

Als ich aufwache, sitzt meine Mutter im Raum. Sie hat Tränen in den Augen und kommt zu mir ans Bett. Ich sage, dass sie nicht weinen müsse, ich werde doch wieder okay sein. Sie lächelt verkrampft. Sie scheint etwas zu wissen, das ich nicht weiß.

Ich versuche, mich daran zu erinnern, was am Flughafen geschehen ist. Eine dunkle Ahnung steigt auf. Ich sehe ein Gesicht, aber mir fehlt der Name.

Könne es sein, dass ... flüstere ich.

Er habe nicht überlebt, sagt sie.

Es dauert ein paar Sekunden, dann ist es wieder da, nicht jedes Detail, aber so viel, dass ich verstehe. – Mein Gott, was habe ich getan?

Sie sagt, ich solle das nicht an mich rankommen lassen.

Ich nicke. Sie denkt, es sei ein gewöhnlicher Unfall gewesen. Oh, wie sie sich täuscht. Schon bald werden sie an mein Bett treten und Fragen stellen. Ich muss ihr irgendwie klar machen, dass ich Schuld auf mich geladen habe, aber ich weiß nicht, wie ich das tun soll, und selbst wenn ich es wüsste ... arme Hanne. Sie erfährt es ja doch.

Stunden später kommt ein Arzt. Ich glaube, er hat iranische Wurzeln. Er sagt, ich habe ein schweres Schädel-Hirn-Trauma erlitten und sei gestern von der Flughafenklinik überwiesen worden. Außerdem habe ich zwei Frakturen des linken Unterarms, eine offene Fraktur des rechten Handgelenks, eine leichte Milzruptur und eine Prellung des rechten Knies. Das klinge zwar erst mal entsetzlich, aber ich solle unbesorgt sein, man werde mich schon wieder „zusammenflicken".

Die ersten Tage im Krankenhaus vergehen. Ich werde zweimal operiert und dämmere ansonsten unbeschwert vor mich hin. Ich liege in einem Doppelzimmer, das andere Bett ist zum Glück nicht belegt. Morgens und abends fließt eine schöne Dosis Dipidolor durch den Venenkatheter. Wenn es nach mir ginge, könnte es eine ganze Weile so weitergehen. Ich muss mich um nichts kümmern, anfangs nicht einmal selbstständig essen, aber das muss ich jetzt doch. Ich tue es widerwillig.

Nach acht Tagen werde ich von der Intensivstation auf ein Einzelzimmer der Normalstation verlegt. Es dauert keine Stunde bis vom Pfleger eine Besucherin angekündigt wird. Ich fahre das Kopfteil so hoch, wie es geht. Jetzt sitze ich fast aufrecht und warte. Nach ein, zwei Minuten klopft es leise an Tür. Eine Frau tritt an mein Bett, ich nehme deutlich ihr florales Parfüm wahr. Sie stellt sich als Kommissarin vor, Kunze sei ihr Name. Ihr Haar ist fast weiß, genauso wie ihre Haut. Man könnte meinen, sie sei albinotisch veranlagt, aber ihre randlose Brille ist nicht getönt und ihre Augen sind eher grau als blau. Es ist schwer zu sagen, wie alt sie ist. Ich schätze sie auf vierzig, aber sie könnte genauso gut fünf Jahre älter oder jünger sein. Sie ist freundlich, fragt mich nach meinem Befinden und schenkt mir ein Glas Wasser ein. Aber das ist natürlich Teil des Spiels. Sie spricht leise, aber sehr deutlich. Ihre Stimme erinnert mich an die von dieser blonden Nachrichtensprecherin. Zunächst zeigt sie mir Fotos vom Ort des Geschehens. Die Front des Wagens ist eingedrückt, als sei sie aus Modelliermasse. Ein Bild des Leichnams ist nicht darunter. Das will sie mir offenbar nicht zumuten.

Sie fragt, ob ich gewusst habe, wer der Verstorbene gewesen sei, also was er beruflich gemacht habe.

Ich verneine, ich habe es erst hier im Krankenhaus erfahren, von meiner Mutter, um genau zu sein. Ich füge hinzu, dass ich das Geschehene nicht rekapitulieren könne. Das letzte, was ich erinnere, sei der Gang vom Bereitschaftsraum in die Garage. Von da an lege sich ein Schleier über das Erlebte.

Sie nickt. Der Arzt habe ihr schon mitgeteilt, dass in meinem Fall eine Amnesie sehr wahrscheinlich sei. Trotzdem möge ich als Hauptzeuge, der ich ja sei, alles mitteilen, was ich wisse. Es gebe ein paar „Ungereimtheiten", die einer Aufklärung bedürften, zum Beispiel sei ich mit stark erhöhtem Tempo unterwegs gewesen, darauf deute die unfalltechnische Untersuchung hin, und es gebe Zeugenaussagen, die dies bestätigten. Zudem sei Kurtz nicht angeschnallt gewesen. Das

Fragwürdigste sei aber, dass der Flug, auf den er gebucht war, zum Zeitpunkt der Kollision längst in der Luft war.

Ich versuche, so ahnungslos wie möglich dreinzuschauen. Nach einer kurzen Pause wiederhole ich, dass ich mich nicht erinnere. Gleichwohl spreche ich mutmaßend aus, dass ich so schnell gefahren sein könnte, um den Flug noch zu bekommen. Der Gurtwarnton sei aber dermaßen penetrant, dass eigentlich niemand den Versuch mache, die ganze Fahrt unangeschnallt zu bleiben. Dass Kurtz trotzdem nicht angeschnallt war, könne also nur dadurch erklärt werden, dass er sofort ausstiegsbereit sein wollte. Man sei dem Ziel ja vielleicht sehr nahe gewesen.

Ich habe also geglaubt, der Flug sei noch erreichbar gewesen?

Ich sage ein drittes Mal, dass ich mich nicht erinnere.

Sie macht sich Notizen und sagt, fürs Erste sei das genug. Sie werde aber wiederkommen müssen.

Als sie den Raum verlassen hat, fahre ich das Bett wieder in Liegeposition und lasse ich mich ins Kissen sinken. Ich versuche, mich zu entspannen. Das gelingt mir natürlich nicht, weil ich genau weiß, dass weitere Dinge auftauchen werden, die mich in Verdacht bringen. Vermutlich weiß sie sowieso mehr, als sie gesagt hat. Die technische Untersuchung des Wagens muss ja auch ergeben haben, dass die Türen verriegelt waren. Vielleicht sollte ich einen Anwalt zurate ziehen. Aber weder kenne ich einen, noch habe ich die finanziellen Mittel. Meine Eltern könnten hier natürlich aushelfen, aber ich will die da auf keinen Fall mit reinziehen. Das wäre das letzte, was ich wollte.

Ich habe es schon geahnt. Am Nachmittag stehen Theresa und mein Vater auf einmal im Raum. Ich empfinde Freude und Scham zugleich. Man hat mir etwas mitgebracht: ein Schachspiel. Das Brett ist etwas dicker als üblich, auf einer Seite ist eine unscheinbare Digitalanzeige ins Holz eingelassen.

Darunter verberge sich ein Raspberry Pi, sagt er.

Ich bin beeindruckt. Vermutlich hat er ein schlechtes Gewissen gehabt, weil er sich so viel Zeit gelassen hat mit seinem Besuch. Aber ich nehme ihm das nicht übel, im Gegenteil, der Schachcomputer ist das perfekte Geschenk, und der hat auch einiges gekostet, da bin ich mir sicher.

Mein Vater ist etwas ungelenk, wenn es um emotionale Rede geht, deswegen übernimmt das Theresa: Sie hätten sich ja solche Sorgen gemacht, es sei wirklich unfassbar, was da passiert sei. Sie wünschten mir viel Kraft, damit ich ganz bald wieder gesund werde und so weiter. Der heikle Part wird zum Glück ausgespart, obwohl ihnen nicht entgangen sein dürfte, dass eine bedeutende Person gestorben ist.

Ich werde gefragt, ob ich schon wieder alles essen dürfe.

Ich bejahe und Theresa geht in die Cafeteria, um Kuchen zu besorgen.

Jetzt bin ich allein mit ihm. Um unangenehmes Schweigen zu vermeiden, thematisiere ich den Schachcomputer.

Wie denn die Zugerkennung funktioniere, frage ich.

Magnetsensorik, sagt er.

Das sei genial, bekunde ich, aber zukünftig müsse er sich in Acht nehmen, immerhin habe ich nun Zeit, stundenlang zu trainieren.

Er bekennt, dass er gleich zwei Geräte gekauft habe. Theresa sei richtig sauer gewesen, weil er so viel Geld ausgegeben habe. Er habe schon ein paar Partien gespielt. Selbst in den einfachen Modi komme er an seine Grenzen. Das sei demütigend, aber zugleich die beste Schule.

Ich frage, welche Schach-Engine zum Einsatz komme.

Stockfish 8, sagt er, stärker als Carlsen und Fischer zusammen. Wofür vor zwanzig Jahren Großrechner nötig waren, genüge heute eine Raspberry-Platine mit Raspbian.

Ich staune darüber, dass er selbst das Betriebssystem kennt, anscheinend hat er das Handbuch von vorne bis hinten studiert.

Theresa ist mit drei Stückchen Donauwelle zurück. Ich mag Donauwelle: lecker wie Torte und schlicht wie Kuchen, also von der Form her. Mit den lädierten Armen bin ich natürlich noch etwas eingeschränkt, aber Kuchen essen geht. Links trage ich einen Gipsverband, rechts eine Schiene. Anfangs waren die Finger so taub, dass ich nicht mal einen Löffel halten konnte, vor allem mit rechts ging fast gar nichts. Inzwischen ist das Gefühl zum Glück wieder da. Die beiden bleiben bestimmt anderthalb Stunden. Madame brabbelt wie immer von irgendwelchen Kultur-Events, ach ja, für „geflüchtete" Frauen setze sie sich jetzt auch ein. Einen „Keramik-Workshop" wolle sie denen anbieten. Das klingt ja auch gleich viel besser als „Töpferkurs". Was eine Euphemismus-Tretmühle ist, weiß sie natürlich nicht, aber ich habe auch keine Lust, es zu erklären. Aber dann erkläre ich das doch und sage, dass sich „Geflüchtete" genauso negativ aufladen werde, wenn sich die Umstände nicht änderten, und dann müsse wieder ein neues Wort her. Das findet sie einleuchtend. Ich wette, mit diesem Gedankengang geht sie jetzt hausieren. Euphemismus-Tretmühle. Das ist schließlich auch ein schöner Begriff. Zum Abschied bekomme ich einen Kuss auf die Wange, also von Theresa. Ich befürchte fast, sie entwickelt mütterliche Gefühle für mich.

3.2

Die nächsten Tage sind geprägt von quälender Ungewissheit. Ist der gesichtswahrende Ausweg schon fest verschlossen? Oder ist noch Raum für berechtigte Hoffnung? Ich imaginiere sie immer wieder: die überzeugende Kombination aus Mangel an Beweisen und Präsumtion der Unschuld. Doch im Grunde weiß ich, dass ich als „Täter" aus der Sache herausgehen werde. Natürlich könnte ich die tatsächliche Teilschuld einräumen und gestehen, dass ich Kurtz traumatisieren, aber nicht umbringen wollte. Allein dies klingt nicht glaubhaft und würde mich nur tiefer zum Grund ziehen. Nein, ich muss versuchen, meine Schuld zu vertuschen. Das mag zwar feige sein, aber es ist auch menschlich.

Nachts liege ich wach, betend, dass dies bloß ein böser Traum sein möge, der mit dem Morgenlicht zerplatzt wie eine Seifenblase. Doch die Kommissarin tritt wieder und wieder durch die Tür, begrüßt mich zurückhaltend, aber freundlich, und beginnt ihr perfides Spiel. Jedes Mal spüre ich, wie sich die Schlinge enger schließt, und jedes Mal wirkt der Geruch ihres Parfüms minutenlang nach. Wie ein unsichtbarer Schleier legt er sich auf die sterilen Oberflächen und vaporisiert in einem blassblumigen Decrescendo – so lange bis der phenolische Krankenhausgeruch wieder in den Vordergrund tritt.

Es gibt nun einen offiziellen Anfangsverdacht. Sie verkündete dies fast beiläufig, als sei ihr diese Tatsache unangenehm. Doch Mitleid hilft mir hier nicht weiter. Ab sofort ist es den Behörden erlaubt, meinen Fährten zu folgen. Es ist bloß eine Frage der Zeit, bis meine Schrift auf den Tisch kommt. „Verherrlichung des Unabombers" wird es dann heißen, verkürzt und entstellt wird man meine Gedanken darstellen, das ist sicher wie das Amen im Gebet.

Meine Mutter ist wieder nach Kassel gereist. So wird es noch eine Weile dauern, bis sie davon erfährt. Aber sie wird es erfahren. Dieser Gedanke ist der zerstörerischste. Ich werde den wenigen, für die Kurtz ein ausgemachter Feind war, vielleicht positiv erscheinen. Meine Eltern hingegen werden nichts als Schande ernten. Ich werde der Sohn sein, über den man nicht gerne spricht.

Ich berufe mich weiterhin auf eine Amnesie. Da bin ich der ärztlichen Expertise ausgesprochen dankbar. Eine Verweigerung der Aussage, gilt als Schuldeingeständnis, da braucht man sich nichts vormachen. So kann ich schweigen, ohne den Verdacht weiter zu erhärten. Offenbar hat man noch so viel Vertrauen in mich, dass kein Beamter die Tür bewacht. Wäre ich ein Kinoheld, würde ich das schamlos ausnutzen. Ich habe natürlich nicht vor, das zu tun. Wohin sollte ich mich auch absetzen? Früher oder später würde ich ja doch auffliegen und dann gäbe es kein Pardon mehr. Der Oberarzt wurde sowieso in Kenntnis gesetzt. Dies wird auch der Grund sein, warum ich in einem Einzelzimmer untergebracht bin. Und dem Pflegepersonal entgehen die Befragungen ja auch nicht. Im Grunde ist also allen klar, dass ich ein besonderer Patient bin, einer, den man nicht stundenlang aus den Augen lassen darf.

Im Spiegel, den ich mir habe kommen lassen, lese ich einen Nachruf über Kurtz. Völlig unkritisch wird er da als „genialer Erfinder" und bedeutender „Transhumanist" porträtiert, dem der Fortschrittsgedanke zur Lebensaufgabe wurde. Der erste Teil liest sich, als habe der Autor seinen Wikipedia-Artikel aufgebrüht und mit ein paar Anekdoten versehen. Im Abschnitt „Tod in Frankfurt" ist von Ungereimtheiten, erhöhtem Tempo und den Vorzügen der Anschnallpflicht die Rede, so viel ist also schon durchgesickert. Meinen Namen lese ich nicht, die Ausgabe ist aber auch nicht mehr aktuell. Ich werde mich hüten, die Nachrichten in den nächsten Tagen weiter zu verfolgen. Das würde mich fertig machen, also wenn ich mein Gesicht in den Medien verbreitet sähe. Bis sich geklärt hat, ob es zu einer Anklage kommt, werde ich still halten. Ich werde keine Emails abrufen und schon gar nicht auf Reddit rumgeistern. Ich werde in einer Zwischenwelt leben, einem Superpositionsraum aus unzureichendem und dringendem Tatverdacht, der erst dann kollabiert, wenn die Kommissarin neue Informationen ins Spiel bringt.

Michael hat mich bisher nicht besucht. Dafür bin ich ihm dankbar. Ich könnte ihm nicht in die Augen sehen. Er ist schließlich derjenige, der bloß eins und eins zusammenzählen muss. Ob er mir glauben würde, dass es ein Unfall war? Und was hätte er den Behörden zu sagen, falls sie ihn befragen sollten? Ich will da gar nicht weiter drüber nachdenken und flüchte mich erst ins Schachspielen und dann in die Lektüre eines Romans, den ein Vorgänger liegengelassen hat: ein Mittelalterepos. Gar nicht übel geschrieben und genau das Richtige, um sich für einen Moment zu vergessen.

Jeden Abend um Punkt 22 Uhr erscheint die Pflegerin vom Nachtdienst. Sie hat ein einfaches, aber freundliches Wesen. Ich freue mich, wenn ich sie sehe. Dem Akzent nach kommt sie aus Osteuropa. Auch äußerlich erinnert sie mich ein wenig an die Prostituierte, die ich letztes Jahr gevögelt habe, damals im Bahnhofsviertel. Ihre Hände riechen nach Desinfektionsmittel. Das ist mir auch tausendmal lieber als das aufdringliche Vanilleodeur, das durch Laufhäuser wabert.

Sie fragt, ob alles in Ordnung sei.

Ich bitte sie höflich um eine Schlaftablette.

Okay, sagt sie, das sei kein Problem.

Sie bringt mir die gewünschte Tablette und wünscht mir eine gute Nacht. Seit das Dipidolor abgesetzt wurde, schlafe ich äußerst schlecht. Immerhin bekomme ich jetzt wieder Paroxitam. Ich habe dem Arzt den Namen meines Psychiaters genannt, damit dieser die Medikation bestätigen kann. Das wird natürlich auch rauskommen, also dass ich mich in Behandlung befinde und ein Antidepressivum einnehme.

Die Schlaftablette ist nicht besonders potent, vermutlich Doxylamin oder so, definitiv kein Z-Schlafmittel. Ich verspüre keinerlei Wirkung. Der wochenlange Missbrauch von Zopiclon hat mich immunisiert. Ich liege lange wach und stelle mir vor, wie es wäre, einfach abzuhauen. Ich trage eigentlich keinen Katheter mehr, aber in dieser Sequenz ist er noch da. Es ist dies die mögliche Welt, in der ich ein Held bin. Entschlossen reiße ich den Katheter aus der Vene. Ein dünner Faden Blut läuft den rechten Arm hinab. Es ist mitten in der Nacht, ich trage Klinikkluft. Leise öffne ich die Tür und prüfe, ob der Gang frei ist. Dann schleiche ich leicht hinkend zur Stationstür. Im Treppenhaus höre ich Schritte. Ich warte, bis nur noch das

Summen der Halogenleuchten zu hören ist. Dann steige ich hinab zur untersten Ebene. Ich drücke die Klinke und stehe in der Tiefgarage. Von der Außenwelt trennt mich jetzt nur noch ein Nachtwächter. Ich verstecke mich hinter einer Säule und prüfe die Lage. Sein Kopf ist nach hinten gefallen, er schläft mit offenem Mund. In gebückter Stellung krieche ich an seiner Kabine vorbei. Auf der Straße ist es kalt. Alles, was ich habe, ist eine Prepaid-Kreditkarte. Ich flüchte in die nächste U-Bahn-Station und harre dort eine Stunde aus. Dann nehme ich den ersten Zug und schaffe es mit einem Umstieg nach Offenbach. Nachdem ich Michael wachgeklingelt habe, versorgt er mich mit Kleidung und Bargeld. Am Abend reise ich ab Hanau südwärts. Der Schaffner knipst das Ticket, ohne nach meiner Identität zu fragen. Nachdem der Zug die Schweizer Grenze überquert hat, werde ich ruhiger. In zwei Stunden wird die Sonne aufgehen, dann …

Hier muss ich eingeschlafen sein. Jedenfalls kann ich am Morgen nicht mehr sagen, wo die Reise enden sollte.

An Tag zehn auf der Normalstation kommt, was kommen muss. Die Kommissarin betritt ohne Vorwarnung das Zimmer und schließt die Tür hinter sich. Ihre Erscheinung wirkt kühl, in ihrem Blick lese ich sofort, dass die Schonfrist vorbei ist. Sie kommt direkt zum Punkt: Die Indizienlage ergebe, dass ich unter dringendem Tatverdacht stünde, es sei bereits ein Haftbefehl erlassen worden. Ich habe zwanzig Minuten, um meine Sachen zu packen, dann werde ich auf die Krankenstation der JVA in Preungesheim verlegt. Dort werde die Untersuchungshaft vollstreckt. Das hiesige Personal sei bereits informiert. Wenn ich Angehörige informieren wolle, dann solle ich das jetzt tun.

Ich weiß nicht, wie ich antworten soll, räuspere mich, aber sage nichts. Es ist nicht so, dass ich geschockt bin. Im Gegenteil, ich spüre eine seltsame Erleichterung. Die Zustandsüberlagerung ist kollabiert. Nun habe ich Gewissheit.

Sie hat es eilig, drückt meine Hand und will auf dem Absatz umkehren.

Moment mal, raune ich, wie laute denn die Anklage? Geiselnahme mit Todesfolge. Sie macht eine Pause. Wenn es vor Gericht schlecht für mich laufe, könne auch Mord daraus werden. Viel Glück. Sie sagt tatsächlich „viel Glück", und zwar frei von Häme, aber vielleicht täusche ich mich auch. Als sie die Tür öffnet, sehe ich zwei Polizeibeamte, die sich dort positioniert haben. Sekunden später betritt ein mir bereits bekannter Pfleger den Raum und reicht mir Plastiktüten. Eine fülle ich mit Kosmetika, in eine andere schiebe ich den Schachcomputer. Mehr habe ich nicht. Einer der Polizisten übergibt dem Pfleger Hose, Jacke und Schuhe. Mit seiner Unterstützung kleide ich mich um. Die Schuhe sind viel zu groß, aber wen interessiert das schon. Dann will mir der Polizist Handschellen anlegen, aber mit der Schiene am Handgelenk geht das natürlich gar nicht richtig. Der ältere Kollege interveniert: heute keine Handschellen. Mir ist das völlig egal. Eine Leere breitet sich aus, die weder angenehm noch unangenehm ist. Unterbewusst war ich vorbereitet auf diesen Moment. Der jüngere Beamte nimmt meine Sachen an sich, während der andere noch auf den diensthabenden Arzt wartet. Als dieser meine Krankenakte übergeben hat, werde ich vor den Augen aller aus der Station geführt. Die meisten versuchen, sich nichts anmerken zu lassen. Ihre Blicke spüre ich trotzdem. Die Szene wird das Gesprächsthema des Tages sein, insbesondere unter den Patienten, die in ihrer Langeweile nach solchen Vorfällen nur so lechzen.

4

Andere für sich denken lassen. Das ist die Gefangenschaft, die schwerer wiegt als jedes Schloss und Gitter. Allein dies tröstet kaum, und Trost ist das, wonach ich dürste.

4.1

Viele Wochen sind vergangen. Während meine äußerlichen Blessuren fast vollständig verheilt sind, gleicht mein Gemüt einer Wunde, die durch zwanghaftes Kratzen offen gehalten wird. Ich komme innerlich nicht zur Ruhe, leide unter Schlafstörungen und frage mich immer wieder, wie es so weit kommen konnte ... obwohl das ja eigentlich klar ist.

Ich verbringe die Tage in einer Einzelzelle, die neun Quadratmeter groß ist. In dieser befinden sich eine schmales Bett, ein Holztisch, ein Stuhl, ein leeres Bücherregal, ein Mülleimer, ein Waschbecken und eine Toilette aus Edelstahl, die nicht edel ist. Anfangs habe ich die Wand angestarrt und dreimal am Tag geraucht, Marlboro Menthol, da elektronische Geräte verboten sind. Ich würde ja gerne mehr rauchen, aber mein Anwalt darf mir immer nur zwei Päckchen mitbringen, und so oft kommt der ja auch nicht. Er ist schon älter, so Mitte fünfzig, graue Locken, Nickelbrille, abgetragener Anzug, aber nicht ungepflegt.

Pflichtverteidigungen mache er schon seit Jahren, sagt er. Die Staatskasse zahle zwar weniger, aber dafür zuverlässig. Er spricht natürlich so frei zu mir, um die Wahrheit zu erfahren. Ich denke, er ahnt, dass die Amnesie nur vorgeschoben ist, und er bekennt offen, dass ich damit nicht davonkommen werde. Er ist erfahren, aber meinem Eindruck nach nicht besonders ambitioniert. Immerhin hat er sich dafür eingesetzt, dass ich einen Laptop benutzen darf. Mir wurde natürlich ein Gerät mit eingeschränkter Funktionalität beschafft. Bezahlt hat das meine Mutter: knapp tausend Euro für einen Rechner ohne Wi-Fi und Bluetooth. Selbst die USB-Buchsen sind ausgebaut. Aber das DVD-Laufwerk funktioniert. Ich habe mir von Michael eine Textversion der deutschen Wikipedia geben lassen, die passt gerade so auf ein Medium.

Ich dachte ja, dass man das Schachspiel mit der Verlegung auf die Zelle konfiszieren würde. Das ist aber nicht passiert. Entweder wurde das Teil nicht geöffnet oder der Prüfende war ahnungslos. Der Raspberry hat natürlich USB-Ports. Alles, was man noch bräuchte, wären also Surfstick und Patchkabel. Der Ethernet-Chip wurde nicht vom Laptop entfernt, das habe ich geprüft, auch die Buchse ist vorhanden, entschärft wurde sie wahrscheinlich trotzdem, da brauche ich mir nichts vormachen. Als gewiefter Nerd, der sich einfach so ein Modem baut, werde ich hier also nicht in Erscheinung treten. Genauso wenig werde ich mich an diesem Ort zum Schachvergifteten entwickeln. Die Lust am Computerschach ist mir schon auf der Krankenstation vergangen und unter den Insassen kenne ich keinen, der spielt. Nein, ich habe eine andere Beschäftigung gefunden, die mich halbwegs durch den Tag bringt. Es ist natürlich die, dies zu schreiben. Ich will mich dabei nicht für mein Tun rechtfertigen. Es ist eher der Versuch, den Tag zu strukturieren, und nicht nur zu essen, zu schlafen und in der Zelle auf- und abzugehen. Es mag trivial klingen, aber im Schreiben finde ich tatsächlich etwas Ablenkung. Ich tue es für mich. Wenn der Text nie gelesen würde, wäre das zwar irgendwie schade, aber ich habe nicht vor, ihn zu veröffentlichen. Das, was ich als Denkender zu sagen hatte, ist ohnehin schon in der Welt, und ich bin mir sicher, dass das in der Verhandlung auch zur Sprache kommen wird. Schließlich lag ein Ausdruck meiner Schrift frei zugänglich in meiner Wohnung.

Die Zelle verlasse ich primär zu den Mahlzeiten. Das Kantinenessen ist okay. Ich bin für NK registriert, das steht für Normalkost, es gibt auch MOH, das ist halal. VEGE wird natürlich auch angeboten, aber das essen vielleicht zwei Leute. Hin und wieder nutze ich die Hofzeit am frühen Nachmittag, um mich zu bewegen und etwas Tageslicht abzubekommen. Im Hof stehen sogar ein paar Bäume: Platanen, die immer wieder zurechtgestutzt werden, damit sie nicht zu nah an das Gebäude heranragen. Zu dieser Jahreszeit sind sie noch kahl. Tatsächlich beobachte ich gerne die Vögel, die sich hier vereinzelt niederlassen und auf der schmalen Rasenfläche nach Nahrung suchen. Manchmal zerbrösele ich etwas Brot. Aber das wird nicht gerne gesehen. Die wollen hier keine Tauben haben. Ich mag Tauben auch nicht, aber die kleinen Viecher irgendwie schon, die haben Style, vor allem die blau-gelben. Blaumeisen sind das, da bin ich mir fast sicher, und an Kerstin denke ich dann natürlich auch.

Mein Zeitgefühl ist inzwischen animalisch: Welcher Wochentag gerade ist, spielt keine Rolle. Dass es abends länger hell bleibt und die Knospen der Platanen anschwellen, bemerke ich durchaus, ansonsten fließen die Tage ununterscheidbar dahin. Natürlich gibt es hier die Möglichkeit, einfachen Arbeiten nachzugehen, aber da in der U-Haft niemand dazu verpflichtet ist, wird das Angebot kaum genutzt. Überhaupt habe ich den Eindruck, dass die meisten Insassen mit sich selbst beschäftigt sind. Gespräche ergeben sich selten. Viele schämen sich für die Situation, in die sie sich manövriert haben.

Heute wird die Eintönigkeit durch einen unangekündigten Besuch aufgebrochen. Ein schlicht gekleideter Mann in Jeans und Wollweste wird vom Schließer in meine Zelle gelassen.

Er sei evangelischer Gefängnisseelsorger, sagt er.

Ich starre auf das Herpesmal, das seine Unterlippe verunstaltet.

Meine Mutter habe ihn darum gebeten, dass er einmal mit mir spreche.

Das überrascht mich nicht. Hanne sorgt sich so sehr um mich. Das finde ich rührend und deswegen schicke ich den auch nicht einfach weg, sondern lasse mich auf ein Gespräch ein. Er weiß natürlich, dass ich nicht gläubig bin, so viel wird er erfahren haben.

Er fragt zunächst nach meinem Befinden.

Den Umständen entsprechend, sage ich, und das stimmt ja irgendwie auch.

Wie ich denn mit der ungewohnten Situation und der Isolation zurechtkomme?

So ungewohnt sei das gar nicht, entgegne ich, ich sei ja schon länger zum Einzelgänger mutiert, nicht willentlich, eher schleichend, aber dadurch sei ich darin geübt, Zeit allein zu verbringen, wenngleich dies natürlich eine drastische Steigerung sei.

Er nickt verständnisvoll und möchte wissen, ob ich hin und wieder bete, ich müsse wissen, dass „der Herr" niemanden vergesse, gerade in solchen Lebensphasen könne Beten Halt und Zuversicht bieten, man müsse es nur aufrichtig versuchen.

Ich verneine die Frage und bekunde, dass ich nicht religiös sei, aber auch kein beinharter Atheist.

Das möchte er natürlich genauer wissen.

Ich ergänze also, dass die Frage nach Gott auch nicht im Sinne des Atheismus beantwortet werden könne. Aber an Wunderheilungen zu glauben und die Gottgleichheit eines Menschen anzuerkennen, gehe weit über das hinaus, was ich meinem Verstand zumuten könne.

Man müsse auch auf sein Herz hören, entgegnet er, Glaube sei eine Herzenssache.

Das habe ich freilich schon oft gehört. Nach einer kurzen Pause entgegne ich, dass ich das gerne annehmen würde, aber ich könne doch nicht gleichzeitig meinen Verstand ausknipsen, als sei er nichts wert.

Das müsse ich doch gar nicht, sagt er leise.

Hier steht nun Aussage gegen Aussage. Ich bin mir sicher, dass das Evangelium einige Bilder bereithielte, um von der Unzureichendheit reinen Verstandes zu überzeugen. Aber er macht keinen Versuch, etwas zu zitieren. Insgeheim sehne ich mich nach solchen Momenten, aber das behalte ich für mich. Er würde es falsch verstehen.

Er reicht mir ein rotes Büchlein: das Neue Testament, gedruckt auf diesem superdünnen Papier und in billigem Plastikeinband.

Ich nehme dankend an, zögere nicht einmal, weil ich durchaus den Drang verspüre, da mal wieder reinzuschauen.

Er fragt, ob er noch etwas für mich tun könne.

Ich frage, ob er Schach spiele.

Tut er nicht. Aber er versichert mir, dass das eine gute Beschäftigung sei.

Da sei ich mir nicht so sicher.

Er lächelt.

Ich bitte ihn, meiner Mutter irgendetwas Positives zu sagen, sie sei ja diejenige, die in dieser Situation am meisten leide.

Er nickt wieder und ich starre auf seine Herpeslippe und frage mich, warum Gott eine Welt schaffen sollte, in der Herpesviren existieren.

Wir drücken uns die Hand. Sein Händedruck ist sanft. Sowas mag ich nicht. Jesus hätte fest zugedrückt, davon bin ich absolut überzeugt.

Er betätigt das Gerät, das er bei sich trägt. Sekunden später öffnet sich die Zellentür. Der Schließer hat beharrlich vor der Tür gewartet. Ich wette, so unwahrscheinlich ist das gar nicht, also in der Karriere als Gefängnispfarrer als Geisel genommen zu werden. Vielleicht wird meine Fantasie hier auch bloß von entsprechenden Filmen genährt. Der hiesige Alltag macht dem Genre nämlich wenig Ehre: keine Gruppenbildung, keine blutigen Prügeleien – und lüsterne Blicke in den Gemeinschaftsduschen schon gar nicht. Das Einzige, was bisher geschehen ist, war ein dilettantischer Suizidversuch. Mitten in der Nacht schrillte diese furchtbare Sirene. Am nächsten Tag wurde in der Kantine darüber getratscht. Selbststrangulation mit einem Unterhemd, aber der Zellengenosse ist von den Würgegeräuschen aufgewacht und hat Alarm geschlagen.

Bis zum Prozess wird es nicht mehr lange dauern, die Besuche von Anwalt Bruckmann häufen sich. Er rät mir offen zu einem Geständnis. Die Indizienlage sei schlechterdings erdrückend. Ein vollumfängliches Eingeständnis der Tat erspare mir Jahre, ich solle doch endlich aus der Deckung kommen. – Aber noch zögere ich. Es ist das Zögern eines Verzweifelten, so viel ist klar.

Abends lese ich im Neuen Testament. Mittlerweile habe ich die Synoptiker fast durch. Matthäus gefällt mir immer noch am besten. Stilistisch ist das deutlich besser als Markus und der Weihnachtsquatsch ist auf ein Minimum reduziert. Johannes lasse ich vielleicht aus. Ich weiß noch aus dem Konfirmandenunterricht, dass dort die Gottessohnschaft im Mittelpunkt steht, und die ist das, was mich am Christentum am meisten stört. Für mich stirbt Jesus am Kreuz. Das ist eine starke Szene, die auch ohne die Zuschreibung von Auferstehung und Himmelfahrt ihre Wirkung nicht verfehlt hätte. Ich glaube, dass er ein Erwachter war, so wie Siddhartha oder Sokrates. Wenn man erst einmal spürt, dass der Tod nichts ist, vor dem man sich fürchten muss, kehrt Seligkeit ein. Das, und nichts anderes, ist das Königreich.

5

Wer das Ganze kennt, aber von sich selbst getrennt ist, ist getrennt vom Ganzen.

5.1

Im Prozess werde ich gestehen. Ich werde gestehen, dass ich Kurtz traumatisieren wollte. Ich werde sagen, dass es die Gelegenheit war, die mich zum Täter werden ließ, eine Gelegenheit, die ich ausgenutzt habe, spontan und ziellos. Ich werde sagen, dass ich zum Geiselnehmer wurde, weil Kurtz für all das stehe, was ich ablehne: technologische Versklavung, quasireligiöse Versprechungen und menschliche Hybris. Ich werde zugeben, dass ich ihm schaden wollte, aber ich werde verneinen, dass es meine Absicht war, ihn zu töten, genauso wenig, wie ich mich selbst töten wollte. Der Crash mit dem Schleppfahrzeug sei ein Unfall gewesen, durch mich fahrlässig herbeigeführt, aber zu keinem Zeitpunkt gewollt.

Die Staatsanwaltschaft wird durch Einflussnahme amerikanischer Angehöriger unter öffentlichem Druck stehen. Sie wird mir eine Tötungsabsicht unterstellen. Kurtz sollte sterben, meine eigene Unversehrtheit sei mir dabei zweitrangig gewesen. Ein Gutachter wird unter Berufung auf meinem Psychiater attestieren, dass ich in der Vergangenheit suizidale Phasen hatte. Gleichwohl sei ich voll schuldfähig. Es lägen keine Indizien für eine wahnhafte Episode vor. Ein zweites Gutachten wird von meiner Seite verhindert, obwohl mein Verteidiger mir eindringlich dazu raten wird.

Zur Klärung der Motivlage wird die Staatsanwaltschaft meine Schrift vorlegen. Man wird sich auf die Abschnitte konzentrieren, in denen ich lobende Worte für Ted Kaczynski finde. Natürlich wird auch meine Vorstrafe zur Sprache kommen, meine Faszination für Aaron Swartz und Ross Ulbricht, die auf falschen Namen angemeldete SIM-Karte und die verschlüsselten Festplatten sowieso. Im Plädoyer wird man eine harte Verurteilung fordern: lebenslang für Mord aus ideologischen Motiven.

Mein Anwalt wird die Geiselnahme gesondert betrachten und den Unfall als fahrlässige Tötung deuten: Ein bedingter Tötungsvorsatz sei nicht gegeben, vorgebrachte Mordmerkmale seien unzureichend begründet, mein Geständnis sei hingegen schlüssig und glaubhaft.

Man wird mich um mein Schlusswort bitten und ich werde sagen, dass es mir leid tue, dass ein Mensch wegen mir sterben musste, aber innerlich wird es mir gar nicht leidtun. Es wird keine Genugtuung sein, die ich verspüre, eher eine nie dagewesene Gefühlskälte.

Der Richter, ein nachsichtiger, aber genauer Mensch, wird zwei Tage nach meinem Geburtstag, an einem gewittrigen Mittwoch im Mai, das Urteil verkünden. Es wird lauten: kein Unfall. Schuldig des Totschlags. Sechs Jahre Haft.

Ich werde regungslos dastehen, des Denkens unfähig und völlig selbstvergessen. Mein Name und Konterfei wird in allen Medien zu sehen sein. Meine Mutter wird weinen, erst im Gerichtssaal, dann auf der Fahrt nach Hause. Mein Vater wird nicht im Gerichtssaal sein, er wird es am Telefon erfahren und lange schweigen, nachdem Hanne aufgelegt hat. Michael wird am nächsten Tag den ausführlichen Bericht in der Rundschau lesen, er wird ein schlechtes Gewissen haben, weil er den Behörden mehr mitteilte als nötig. Kerstin wird es zufällig erfahren. Sie wird Spiegel Online lesen, auf ihrem iPad Pro der zweiten Generation. Sie wird sich daran erinnern, dass ich ein netter Kerl war, aber irgendwie auch verrückt. Sie wird sich ausmalen, wie es wäre, in dieser Situation mein Freund zu sein, und sie wird erleichtert feststellen, dass es gut war, den Kontakt abgebrochen zu haben. Ich werde die ersten Nächte nach der Verurteilung kaum schlafen, weil ich meine Haftstrafe in einer Doppelzelle antrete. Fremder Schweißgeruch, fremdes Atmen, es wird ein Albtraum sein. Mein Verteidiger wird eine Revision vorschlagen, aber ich werde ablehnen, weil ich das Urteil im Grunde genommen gerecht finde. Der Gefängnisalltag wird härter sein als in der U-Haft, aber mit der Zeit werde ich mich daran gewöhnen. Eines Tages werde ich ein Schreiben erhalten, auf Englisch. Es wird der Beginn eines Briefwechsels sein. Es wird nicht dabei bleiben. Mit Ende des ersten Jahres werde ich mit drei Gleichgesinnten korrespondieren. Eine Zeit lang wird mich das aufrichten, aber schon bald werde ich dieser Rolle überdrüssig sein. Ich werde mich mehr und mehr nach Freiheit sehnen, nach Thailand zur Regenzeit, nach Nächten am Meer und nach Weibern natürlich auch. Ich werde erfahren, dass Michael mit Krypto-Investments ein kleines Vermögen gemacht hat. Noch wird er mich hin und wieder besuchen, aber irgendwann wird der Kontakt abbrechen. Die einzige, die zu mir hält, wird dann meine Mutter sein. Unter den Insassen werde ich keine echten Freunde finden. Man wird mich wieder und wieder schikanieren, weil ich kein Interesse an Machtspielchen oder Kraftsport zeige. Irgendwann wird man mich in Ruhe lassen. Ich werde lernen, die Gefängnisroutine als Teil einer meditativen Übung zu betrachten. Ich werde in mir ruhen und die Zeit wird vorbeigehen, so wie sie immer vorbeiging. Nach vier Jahren werde ich einen Antrag auf vorzeitige Haftentlassung stellen. Man wird dem Gesuch nachkommen und den Rest der Strafe zur Bewährung aussetzen. Eine Weile werde ich bei meiner Mutter leben, dann werde ich nach Sassnitz ziehen. Ich werde Arbeit finden, einfache Arbeit als Rezeptionist. In wenigen Jahren werde ich mich hocharbeiten zum Assistenten des Hotelmanagements. Das verwaiste Grundstück: Ich werde es kaufen und das alte Gebäude Stück für Stück instandsetzen. Ich werde instandgesetzt sein.

Das alles werde ich mir ausmalen, stundenlang, in den ersten Nächten nach der Verurteilung. Aber es wird natürlich anders kommen – ganz anders.

6
Man möge mich als jemanden in Erinnerung behalten, der Mut hatte, der nicht gezögert hat, wenn er hätte zögern können, der Möglichkeiten sah, wo andere Unmöglichkeiten gesehen hätten, der am Ende von Notwendigkeiten eingeholt wurde, die er selbst gesetzt hat. Die Welt des Unglücklichen ist eine andere als die des Glücklichen. Das sage ich nicht neidvoll. Wenn ich irgendwann gehe, dann gehe ich aufrecht. Und der Schleier wird gelüftet sein, und dasjenige, das außerhalb aller Erinnerung liegt, wird einkehren und herrschen, so wie es die Gesetze gebieten. Ich habe keine Angst mehr.

Addendum

Moral und Distanz
aus dem Schlusskapitel von „In feindlicher Koexistenz"

To those who think that all this sounds like science fiction, we point out that yesterday's science fiction is today's fact.[1]

Angenommen es existierte ein Computersystem, mit dem sich jede Schutzmaßnahme umgehen ließe, ein System, das in jeden Account, jedes Smartphone und jeden adressierbaren PC eindringen könnte – und zwar ohne die geringsten Spuren zu hinterlassen. Nehmen wir weiterhin an, man selbst hätte die privilegierte Möglichkeit, dieses Instrument zu nutzen. Die Versuchung, sich informelle Vorteile zu verschaffen, wäre sicherlich groß. Welche Grenzen würde man sich auferlegen? Würde man bloß Personen ausspähen, die man nicht kennt, nicht mag oder "die es verdienen"? Oder würde man auch Partner und Freunde kontrollieren, wenn ein Anlass da wäre?

Ein solches Szenario zielt natürlich auf die Frage ab, ob wir moralische Regelsätze auch dann befolgen, wenn wir wissen, dass unser Tun nicht sanktioniert wird. Ich bin in dieser Frage Pessimist. Ich denke, dass auch diejenigen, die meinen, hohe moralische Standards zu haben, nicht vor solchen Versuchungen gefeit wären. Es würde vermutlich klein anfangen und sich steigern, sobald das Gehirn gelernt hätte, dass negative Konsequenzen ausbleiben.

Im nicht-digitalen Miteinander gibt es zum Glück natürliche Schranken; Mechanismen, die evolutionär gewachsen sind und das Zusammenleben in kleinen Gruppen sicherstellen: Bspw. können nur trainierte oder pathologisch veranlagte Menschen einem Wehrlosen eigenhändig physische Gewalt zufügen, ohne dabei Reue, Widerwillen oder Mitgefühl zu empfinden. Wird Gewalt aber nicht mehr von Angesicht zu Angesicht ausgeübt, versagen die nativen Schutzmechanismen. Das zeigt sich am deutlichsten in der modernen

---

[1] Ted Kaczynski: Industrial Society and Its Future, Abschnitt 160.

Kriegsführung (Töten per Knopfdruck). Darüber hinaus hat sich in den Milgram-Experimenten offenbart, dass selbst untrainierte Zivilisten zu schwerer Folter fähig sind, wenn Befehlston und räumliche Distanz zusammenkommen.[2]

Das Internet ist erst wenige Dekaden alt. Trotzdem verbringen wir einen Großteil unserer Zeit im Netz. Eingedenk des oben Gesagten ist es nicht verwunderlich, dass der Ton in den sozialen Medien oft aggressiv ist und ein zunehmender Verfall der Sitten beklagt wird. Die wenigsten Hasskommentare und Beleidigungen haben in diesen Kommunikationsräumen Konsequenzen für den Absender. Ein schlechtes Gewissen oder Mitleid stellt sich bei vielen nicht ein, da das Gegenüber, mit dem man oft nicht bekannt ist, ein Abstraktum bleibt, ja bleiben muss. Ähnlich verhält es sich bei Internetkriminellen. Das Wissen um die negativen Konsequenzen für Hacking-Opfer ist natürlich da, aber Distanz und Anonymität des Mediums verhindern überaus erfolgreich, dass die Psyche rebelliert. Kriminelle, die Verschlüsselungstrojaner verschicken oder Handelsplätze für Kryptowährungen kompromittieren, müssen dafür schließlich nicht einmal ihre Komfortzone verlassen. Im 20. Jahrhundert waren Bankräuber noch hartgesottene Kerle, bereit, im Ernstfall die Schusswaffe zu gebrauchen. Diesen Typus des Bankräubers wird es in Zukunft nicht mehr geben. Stattdessen werden zunehmend solche zu Kriminellen, die im echten Leben[3] nicht fähig wären, einen Taschendiebstahl zu begehen. Bestes Beispiel hierfür ist vielleicht der US-Amerikaner Ross Ulbricht. Der libertäre Penn-State-Absolvent[4] hob mit *Silk Road* innerhalb weniger Monate die größte Handelsplattform des Darknets aus der Taufe. Dass Ulbricht nun vierzig Jahre einsitzen muss, klingt vielleicht ungerecht, eingedenk, dass er keine physische Gewalt ausgeübt hat (und keine Vorstrafen hatte). Aber um

---

[2] Milgram: Behavioral Study of Obedience. Journal of Abnormal and Social Psychology 67, 1963, S. 371-78.
[3] Hacker und Netzaktivisten bevorzugen oft das Kürzel *afk* (away from keyboard), da sie die digitale Welt als gleichberechtigten Teil der Realität ansehen.
[4] Masterabschluss in Kristallografie.

potentielle Nachahmer maximal abzuschrecken, musste die Justiz natürlich Härte zeigen.

Womit wir wieder beim Ausgangsszenario wären, dem Problemkomplex, den eine ultimative Spionagemaschine schaffen würde (dass eine solche kein bloßes Gedankengespinst bleiben muss, wurde bereits erörtert[5]). Hier sollten wir uns nichts vormachen: Internetkonzerne mögen öffentlich einen Kodex propagieren, die treibende Kraft aber bleibt die Gier nach Profit. Genauso unweigerlich folgen Geheimdienste und staatlich geförderte Hackerkonglomerate ihren je eigenen Interessen, während Sanktionen qua ihrer Spitzenposition im Machtgefüge meist verunmöglicht werden. Es sind diese unkontrollierbaren Strukturen, die stets einen Technologievorsprung haben werden! Gleichzeitig läuft das Individuum Gefahr, zum gläsernen Testobjekt zu degenerieren, und zwar ohne dass es sich daran stören würde.

Technologie ist Macht. Das gilt heute, das gilt morgen. Wir können also entweder dabei zusehen, wie uns unsere Freiheit nach und nach genommen wird, oder wir können Widerstand leisten. Passiven Widerstand leisten wir, indem wir der digitalen Welt so oft wie möglich abschwören und uns wieder auf das zurückbesinnen, was oben als natürliches Leben beschrieben wurde, einschließlich der Nutzung von small-scale-Technologie und dem Verzicht auf Konsumgüter, die wir nicht zwingend benötigen. Aktiven Widerstand leisten wir, indem wir uns in Gemeinschaften Gleichgesinnter organisieren und unsere Botschaft durch Aktionen zivilen Ungehorsams ins Kernbewusstsein der Gesellschaft tragen. Das mögen kleine Schritte sein, aber sie geschehen aufrechten Ganges. – Wer denken kann, der denke, und schreite voran.

---

[5] Siehe Symbiose von Super- und Quantencomputer.